旋轉摩天輪

李芙萱——著

獻給爸

「每樣事物誕生以後就消逝，當你看到這點時，你就超越了悲傷。」

——佛陀

目錄

輯三——始

一本高度精煉的小說

——評介《旋轉摩天輪》

李永平

這年頭，網路文學當道的時代，難得讀到這麼精緻、這麼眞誠的小說。

《旋轉摩天輪》講的是童年的故事。童年不是什麼特殊的題材。海明威曾說，作家寫來寫去都是他的童年。在西方文學傳統中，尤其是我們比較熟悉的英美小說，童年經驗和記憶，早已是一個重大的母題。作家如此著迷於童年，一方面，固然是因爲童年是每個人一生中最有趣、最令人難忘的階段，如同十九世紀浪漫主義詩人們所歌頌的，是「人生的黃金時代」（記得嗎？那時的我們，感官多麼敏銳，眼光多麼清澈，對周遭的世界多麼好奇），另一方面，更是因爲童年所代表的特質——純眞、自由、無憂無慮、啟蒙和成長——恰恰是成人世界的反面。我們長大後所擁有的是世故、牢籠、貪嗔愛癡、曚昧和退化。

童年和成年，這兩個人生時期的對比，兩者之間的互動，以及這種互動在文學中所產生的戲劇張力，千百年來，吸引了多少作家，創造出多少美妙的作品！

所以，在英國，早在伊莉莎白時期的抒情詩中，兒童就已經是個重要的題材和意象。他們那天使般的身影，隨後出現在十七、十八世紀大詩人德萊登（John Dryden）、波普（Alexander Pope）、布雷克（William Blake）和華茨華斯（William Wordsworth）的頌歌中。但是，作爲一個紮實的、自給自足的文學人物和主題，兒童與童年經驗，卻是隨者十八世紀西方長篇小說的興起而興起，至十九世紀大盛。我們看到狄更斯筆下，那宛如畫廊般，一長排，琳瑯滿目的兒童肖像；我們在那一張張清純的、卻又帶著成人的世故和憂傷的臉孔背後，看到一個悲慘世界。狄大師以男孩的名字爲書名，撰寫一系列膾炙人口的小說：《奧利佛・崔斯特》（*Oliver Twist*，俗譯《孤雛淚》）、《尼古拉斯・尼克貝》（*Nicholas Nickleby*）、《大衛・考伯菲爾》（*David Copperfield*，《塊肉餘生錄》）。他將這群男孩丟進醜惡和汙穢的倫敦城中，透過他們那雙童稚的、清亮的眼瞳，在文學裡創造出一個嶄新的、有血有肉的童年經驗和世界。同時期的布朗特家三姊妹，老大夏綠蒂，在經典愛情小說《簡愛》中，讓成年後嫁作人妻的女主角，回憶童年在寄宿學校度過的悲慘時光。這十章描寫，被公認是整部小說最動人的部分，經典中的經典。當然，我們也不會忘記路易・卡洛（Lewis Carrol）在《愛麗絲漫遊奇境》（1865）和《鏡中幻影》（1871）裡，以一支魔杖般的筆，所創造的西方文學中「第一個現代女孩」——聰明好奇、膽子夠大、臉皮夠厚、渾身是勁四處闖蕩（或闖禍）的七歲姑娘愛麗絲。

愛麗絲有一位文學兄弟，名字叫「哈克・芬」。幾乎同一時候，這個十歲大的美國男孩出現在馬克吐溫的小說中，駕駛一艘木筏，漂流在密西西比河上，和一個逃亡的黑奴結伴，展開文學史上最精采、最波濤壯闊的一趟航程。這部小說《頑童流浪記》（1884）結合西方文學兩大傳統——童年和浪遊——將童年主題帶到一個全新的境界，而哈克這個小男生，因爲具有西方讀者心目中最迷人的雙重身分——男孩（the boy）和浪子（the picaro）——也成爲世界文學史中一個永恆的、神話原型式的小說人物。童年書寫，到了馬克吐溫筆下，攀上了文學的巔峰。

到了今天，童年書寫已經不是西方小說家的專利了。全世界的作家，都正在以各種角度和方式，回憶、整理、記錄他們的童年。台灣作家也不落人後。我們的眷村文學，可說是一部獨有的「眷村童年生活史」；我們的鄉土文學，處處可見台灣孩子們在田庄中、小鎮上、漁港裡的生長過程。台灣文學已經擁有屬於自己的童年書寫傳統：《想我眷村的兄弟們》、《千江有水千江月》、《鹽田兒女》、《水鬼學校和失去媽媽的水獺》、《ㄩㄢ》……。

在如此豐富多彩的本土童年書寫中，面對這麼多優秀的成長小說，我們要問：以童年回憶爲題材的《旋轉摩天輪》，如何脫穎而出？

且讓我們看看，它的作者如何別出心裁，另闢蹊徑，寫出這本在我看來獨樹一幟、眞摯動人的好作品。

一個在都市生活的女孩「小雪」，突然發現她的人生陷入了困境。白天，在工作的遊樂園，她看著一台高聳的摩天輪，如同一個巨大、精準的時鐘，日復一日，搭載一批又一批遊客，不停地旋轉在半空中；夜晚，她反反覆覆地夢見自己，划著一艘「像是半副廢棄的棺材板」的小船，獨自個，航行在茫茫冰雪原中。她決定向公司請兩個星期的假，踏上歸途，回到她出生長大的小鎮，尋找隱藏在夢境中的東西，和一個名叫「阿文」的童年玩伴。

其實也稱不上旅行。我遙想盛夏的月光下，一尾尾奮力潑甩尾鰭的鮭魚，好似闖黯海洋中逆行的迷你船舟，縱躍激流，迸綻朵朵銀白水光，憑藉被喚醒的嗅覺記憶，吮啖著濛昧的氣沫、水溫與鹽度，覓索幼時腴沃的出海口，最後重返數千里外的高寒母河……。（第九章〈啟程〉）

鮭魚的典故很平常，遊子返鄉的旅程也不稀罕。倒是這部小說的敘述者「小雪」的旅行方式，有點特別。她沒趕時髦。她沒像網路小說或公視電影的主角，一個厭倦職場生涯、心懷某種夢想的女子，有天突然心血來潮，不辭而去，拋掉工作，拎起行囊便跳上火車、客運或其他交通工具，回到故鄉尋訪童年，試圖找回她的生命力。在童年書寫中，這種情節早已經成爲一個「老梗」了。幸好小雪沒這麼做。否則，我們看到的又是一部適合拍成電影，角逐金鐘獎，但沒什麼創意的小說。

事實上，在兩週的假期中，小雪只從事過兩趟旅行：一趟是重訪小時候每年暑假，必會跟隨父親去海濱朝拜的「晶晶水族館」；另一次，眞的回到了故居的小鎭，但那是在假期的倒數第三天，而且只逗留一個下午。假期的大部分時間，小雪待在原來的住處。她要求大家給她兩週的空檔，讓她整個人沉澱下來，讓她以一種靜止的、近乎打七參禪的方式，回想和思索她的童年。吉光片羽，點點滴滴。在小雪腦海中浮現出來的圖景，好似一幅幅精細、明豔的工筆畫，透過作者那風格獨具、同樣精細的文體，在小說中紛紛呈現出來。這一簇簇散布在全書，看似繁複，令人眼花撩亂的童年印象——「生命中無數電光石火，一如炸開的紙炮、碎散的琉璃、坍倒的馬賽克骨牌」〈第十八章〈建材行〉〉——被小雪重新撿拾後，經由作者的巧心組織，形成一座幽深的時光隧道，通往童年，回到「夢境之始，那最初、也是最末的地方」。兩週假期結束前夕，小雪再度乘坐那艘半副棺材板似的小舟，回到書中第一章的冰雪原。但這時她發現，冰，開始融化了。

這是一部用意象講故事的小說。一段用「心」從事的童年之旅。一趟鮭魚式的，從終點出發，洄游而上，抵達起點，又從起點出發一路順流而下，回到終點的航程。好一個完美無缺生生不息的循環。

所以在結構上，全書分爲三輯，分別命名爲「終」、「迴」和「始」。

開卷第一章〈世界之末〉，展現在讀者眼前的是一座冰封的雪原〈在女主角眼中，「這雪就好似凝凍的眼淚」〉。生命正陷入困局中的小雪，獨自划舟航行在一條冰川上。第一輯八章的氣氛和基調，就是空、冷。第九章〈啟程〉，「炎酷的八月天」，小雪在天乾地燥中踏上重返童年的旅程。整個第二輯「迴」的高潮，在第十六章〈颱風夜〉來臨。這是全書寫得最好的篇章之一。天地剎那風雲變色，氣勢磅礴，恰恰是女主角內心澎湃起伏的寫照。

颱風過境後，小說進入第三輯「始」。女主角回到她生命的本源：「舊家」。從舊家回來後，小雪哭了（第二十三章）。這是書中第一次我們看見小雪哭（她摯愛的父親過世時，我們沒看見她哭），而且是放聲大哭。這使我們想起西方文學史上那驚天動地的一哭：《罪與罰》的主人公賴斯科尼可夫，因謀殺罪判刑後，被流放到西伯利亞，大病初癒，有一天，復活節剛過，他坐在奴工營門口，眺望春陽下的青翠大草原，想起自己的罪惡，終於向那不棄不離一路追隨他的妓女桑妮亞，當場下跪，雙手抱住她的膝頭，放聲大哭。這一把懺悔之淚，融化了他那顆冰封已久的心。他的救贖，這時才真正開始。小雪的哭，聲勢雖然沒那麼浩大，但它的真誠和熱切，卻也足以瓦解、融化她夢境和心靈中的冰雪原：「那堅如磐石的冰山和冰冠正急遽變化中。融雪了。遠處傳來硿隆硿隆的巨響，彷彿地殼翻動，一塊塊冰體裂解、崩落……」（第二十四章〈地底樂園〉）。

發自內心的哭泣，在古今中外文學中，力量如此巨大。

確實，《旋轉摩天輪》是一部真誠的小說。好久不曾看見一位台灣作家，以如此懇切、忠實、掏心掏肺的態度，面對自己的成長過程，面對兒時的玩伴們（尤其是那個長大後在葬儀社工作，穿著熨貼的白襯衫、黑西褲，驚鴻一瞥，只在小說快結束時露兩次面，陪伴小雪回到小鎮，向故鄉和童年「告別」的鄰家男孩阿文），面對自己的親人，面對那最曖昧、最棘手的父女關係。小雪（或是作者本人吧）以她的坦白，祓除了糾纏她整個成人歲月的幽靈，讓父親從此得以安息。

在東華大學創作研究所任教時，我常提醒小說創作課的學生——言之諄諄，簡直到了耳提面命、讓學生厭煩的地步——眞誠就是力量。《旋轉摩天輪》就是這種原始的、基本的文學力量，一次美妙而精緻的展現。這年頭的文壇，西貝貨充斥，連感情都可以造假。這本小說的眞誠格外讓人欣賞、珍惜。

作者將這部探索童年意義、重返生命本源的作品，取名爲「旋轉摩天輪」。這是個好書名。取得好的書名，對一本小說來說，有畫龍點睛的效果。

矗立在遊樂園中央，浮現在城市天際線上，載著大人和小孩子們，在半空中一圈又一圈兜轉不停的摩天輪，最能勾起讀者內心幸福的回憶。它是「童年」最具體、最鮮明的意象。它也是小說的主人公，小雪，幼時最美好的經驗和事物。長大後，她在一家遊樂園工作，日日接觸和觀察，對它的機械結構和運作方式，有了專業的認識。在小雪眼中，摩天輪不但是一間童年夢工廠——記憶裡那由一個個海藍、茄紫、火紅、柑橘和蟹黃色車筐，在晴空中串疊成的一道彩虹——更是一具完美神奇的現代機械裝置：一如遊樂園多數設施，依循科學的槓桿、輪軸或齒輪傳動原理，機械式運作著，終而復始，摩天輪亦如是，日復一日圜旋，緩步地爬升、伏降，一格一格流轉時光，眺盡日出日落，在天空銜疊一圈又一圈飽滿的圓，那樣無比祥和地運行著。

一種渾純和諧趨近完美的巨型結構……。有別於其他設備追逐速度與刺激，摩天輪卻散放一股恬靜、舒徐的存在感。此外，它還是遊樂園自開園那刻起，便不曾終止運轉的唯一機具。

小時候，每回翻越大半個遊樂場，搭上獨峙高處的旋轉摩天輪，坐定開放的舊式纜廂裡，一階一階往上攀昇，感覺雙腳逐漸抽離地表，心情也隨之浮搖起來。那時我常暗自想望，當摩天輪登抵至高點，倘若時間就此停駐，該有多美好。極致的飽和點……，風狷急，撥亂了髮，把衣服鼓成翅翼，內心也給充盈，彷彿就昂立世界之頂，令人悸動莫名。但時間未曾候留，還來不及細數，端頂的風景稍縱即逝，轉瞬，摩天輪便開始向下滑移，直到安然返抵地面。

如今在遊樂園裡工作，其中一個重要緣由，我想，即是冀望每天抬頭就能眺見在空中盤旋的、美輪美奐的摩天輪吧。（第四章〈摩天輪記事〉）

這個意象，反覆出現在書中，隨著情節的推展，蓄積越來越多的能量和內涵，變成了整部小說的中心象徵。坐在那一格一格色彩繽紛的車箧裡，隨著摩天輪的上升下降，周而復始，小雪（和我們）看到一幅幅走馬燈似的流轉不停、變幻莫測的風景。這便是書中展示的、宛如畫廊般一系列童年圖畫了。

複雜、精準一如鐘錶的現代機械裝置，摩天輪，作爲西方科技的典範，卻又奇妙地，讓我們台灣讀者聯想到一個最傳統、最古老的東方意象，輪迴：「……摩天輪，緩緩地爬升、伏降、一格一格流轉時光，終而復始。過去包含了未來，未來推送著現在，現在包含了過去……，在天空銜疊一圈又一圈飽滿的圓，在循環中不斷積累和推轉，那樣無比和諧地運行著。」（第二十六章〈溯源〉）

作爲書名和書中最重要的意象，「旋轉摩天輪」是一種近乎渾然天成、不著痕跡的設計。它是一個上乘的、可遇而不可求的文學象徵——科技和宗教這兩種原本扞格不合的東西，在這本書中，做了自然而完美的結合。

莫忘了，這部小說的主要情節——鮭魚式的重返童年之旅——在作者安排下，也是以一個「飽滿的圓」的形式展開的：

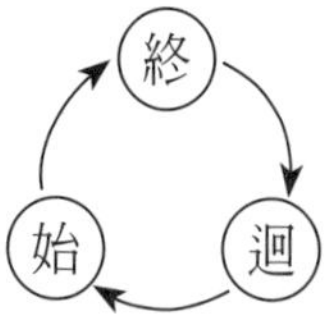

遊子返鄉的旅程，本身就是一個輪迴意象。就在這趟旅程中，追隨主人公小雪的蹤跡，一路上，我們看到一個個、無數個圓形的、流動的和旋轉的小意象，譬如那大大小小無所不在的鐘、迴旋的梯子、孩子們吹的七彩泡泡、電玩店中「麻仔台」上的紅色跑馬燈、在海中救過小雪一命的救生圈、貝殼的螺紋……還有還有，那宛如童書繪本般一幅幅穿插書中，美麗溫馨的圓型圖像，譬如第十六章〈颱風夜〉：「我和玻麗（小雪的狗）蜷捲身體，側臥著，像兩隻依存的母子獸，圈成一飽足的圓」。瞧，又是一個飽滿的輪轉式的「圓」！

這些圓形事物，圍繞著一座巨大的、巍然矗立在書中制高點上，擎天神般，俯瞰芸芸眾生的摩天輪，散布全書，密密麻麻，交織成一張細密的意象網，罩住整部小說，好似一眾行星帶著它們的衛星，環繞著太陽運轉，一圈又一圈無休無止。

《旋轉摩天輪》是一部透過「意象」講故事的小說，有別於一般以情節取勝、靠人物的外在動作發展故事，以吸引讀者的小說。這種以象徵爲中心的小說，寫起來極費心，因爲身爲小說家，寫作時你卻必須具備詩人一般的敏銳和專注，而讀者閱讀這樣的小說，也絕不輕鬆，因爲，恕我直言，它對讀者的智商可是一場嚴格的考試。何況，這位作者獨樹一幟的、簡約的語言風格（有時也許簡約過了頭！）也不是一般讀者習慣的。而且，為求語言精準，以創造一系列維妙維肖，能細細刻畫人物內心世界的意象，這位作者不惜使用生詞僻字，如第一章的「嘆寂」和書中一再出現的「抻」、「抰」等動詞。（其實這些字在教育部《重編國語辭典》裡都有，上網一查便知。）這種「語不精準死不休」的執著，固然值得欽佩和敬重，但肯定會嚇跑膽小的編輯和懶惰的讀者。

這是無可奈何的事情。

不過，話說回來，《旋轉摩天輪》畢竟是一部小說，而它的作者，依我看是一位優秀的小說家。上乘的小說筆法，書中俯拾皆是。譬如第十四章〈亞特蘭提斯〉，講述小雪陪伴身罹絕症、來日無多的父親，搭乘火車返回東部老家，做最後一次的巡禮：

父女倆攜帶簡單行囊，誰也沒通知，搭上莒光號，沿著迆曲的海岸線往小島東隅前進。途中，炎陽將所有風景都打上一層眩目的光，田畦、白鷺鷥、檳榔樹、山崖與大海……，悠悠顛晃著，我們各自眺看窗外，不曾交談。列車嘩嘩穿過一個又一個時光甬道似邃黑的山洞，在明暗交替間，如一條夢中之河，漫漫溯向源頭。

抵達老家車站。小鎮簡樸如昔，安恬地沉浸日光中，風懶懶吹著，彷彿時間也過得格外輕緩。繞出票閘，無人的窳陋大廳，牆頭靜靜掛著一只白色圓鐘，爸歇坐那鐘下，自提袋翻出大罐寶特瓶，斟滿一杯濃濁的草藥湯，微蹙眉飲下，打包好，看看腳下那雙蠟過的黑皮鞋，又彎落腰，重新繫了鞋帶，才同我步出車站，往大伯家邁進。

大伯是台鐵退休站長（聽說爸年輕時因此駕駛過貨運火車）。沿著鐵道邊的石砌矮牆走，便可行底一排鋪蓋黑魚鱗瓦屋頂與柏油木板牆的日式舊宿舍。斑駁的紅木門敞著，我同爸爸踏進那平房，前庭雜草叢生，木瓜樹青瓞纍纍，盤坐在墊高地板上套著汗衫的大伯，正弓起背讀報。

「咦，那轉來啦……」也許是太過意外，大伯一時反應不過來，自老花眼鏡上方怔怔瞅著。那短霎，他鬆贅的嘴頰微微抽顫了幾下。當時若沒有我跟在身後，我猜，他約莫以爲自己瞧見爸的魂魄歸來。

放下行李，喝口茶，兄弟寒暄了幾句。門外火車硿隆隆駛過，蔭涼的屋簷下，略揚起的微塵又緩緩沉澱下來。爸看看錶，說想上街走走，便穿上鞋，帶我出門。

站前大街依舊鬧熱，傳統壽桃禮餅鋪、古早味紅茶冰果室、占據騎樓轉角的豆漿店、櫥窗擺放半身假人的照相館……，數十年如一日，無絲毫更異。時近黃昏，通往市場的衢巷熙熙攘攘，各種氣味雜糅一塊，果香、奶酸、魚腥、雞屎臭、土氣與青草味……，悶熬了一下午。這是爸爸從前上學和遊耍的街路，我跟隨他的步履，在妍煦夕照下輕兜慢繞。行經一家五金雜貨行，爸忽地駐足，望了望，向店裡走去。

四處堆疊的水桶掃帚，吊掛天花板的大小鍋盆，像是日積月累的滯銷品，簡直快溢出門口，使店頭顯得十分矮擠晦暗。

「阿水嬸。」爸爸彎身向裡頭喊道。

一個梳包頭、穿花布衫褲的老嫗，彎駝背，曲蹲膝，邁著一雙外八的黑瘦腳丫，自琳瑯的什貨堆裡緩緩走出。

「欲買啥？」她憨笑著，臉上布滿年輪。

爸頓了頓。「你袂記得我啦？我阿惠呀！」

「嗳、嗳。」阿水嬸只一逕傻笑、點頭，兩眼像荒漠般空茫。

「……欲買掃帚嗎？」一會她又問。

「無啦，來踅踅……」爸探探四周，然後輕拍她的肩膀，說：「那我來走啊，你愛保重！」

「欸啦、欸啦。」阿水嬸依舊笑呵呵，送我們至門口。

告別雜貨行，爸爸繼續漫步街頭。夕陽像融化的月見冰，溢開了一攤暈黃，街上稍稍沉靜下來，我們走到位於巷口的中藥鋪，門楣懸掛著一塊「慶生堂」老匾額，門後，巨型百寶盒似的抽屜藥櫃上，井然羅列著三層白瓷罐子，內裡光線昏暗。爸瞇起眼，佇立大街遠眺。

一個中廣身材、圓頂禿的男人自店裡快步走出。他戴著厚框眼鏡，相貌敦厚，年紀與爸爸相仿，我想那應是街坊玩伴或小學同學之類。

男人微腆著肚腩，豐腴的雙掌交握其上，日頭下，額角不停竄出汗。他看來同爸爸一般沉默。我記不起他們對談的內容，或許什麼具體的話題也沒涉及，多數時間，兩個大男人只是站在街頭面面相覷，或望向一旁的水泥地。那簡略的一問一答間，拖沓著長冗而乾澀的空白。

幾分鐘過去，爸向男人點點頭，拍摟我的背，示意離去。男人送我們至巷口，橘黃落日偏斜著，拉出兩條細長的人影，道別時，他表情有些遲疑，欲言又止。我想他應該聽說或望出爸的病容吧，但始終沒問起。

「走，吃冰去。」爸自顧自說。離開慶生堂，他不再探訪鄰居，帶我岔入了小徑，背向那黏鹹雜遝的老街，緩緩往糖廠的方向走去。

文字簡約之極，毫無廢話。寥寥數筆的白描，卻飽含著豐沛的、直欲破卷而出的滄桑感。迷惘、淒清的氣氛瀰漫夏日的午後。這段文字，以及書中其他描寫人物外在行動，具有明顯的情節，讀起來比較像小說，但文字同樣精緻凝煉的篇章，譬如〈晶晶水族館〉、〈阿文〉和〈告別〉，令人印象十分深刻，說它是極簡主義（minimalism）在小說中的一次精采演出，也絕不為過。

孩子一向是文學家的寵兒、小說家的理想人物。重訪童年（Childhook Revisited）在西方早已發展成一個貫穿整部文學史的母題，建構出一個多姿多彩、充滿活力的體系。到了今天，童年回憶和書寫已經變成全世界的潮流。每年，從文化之都巴黎，到非洲一個旮旯小國，不知產生出多少部「成長小說」（the Bildungsroman）。在這一大堆只能以汗牛充棟來形容的童年故事中，出自台灣一個文壇新手的《旋轉摩天輪》，或許不是最偉大、最「夯」的一部小說，但肯定是一個小而美、挺別致（這點最重要）和至情至性的作品。

說它別致，因為這本書的作者，一方面運用啟蒙式、直線發展的「成長小說」架構，記錄主人公的童年生活和教養，另一方面，卻又以她獨具的慧眼，巧妙地將這個源自西方（精確地說，十九世紀初年的德國）的文學類型，移植到東方文化中，建立在更古老的、佛家的循環觀上。它的中心象徵，便是書名和文本中那一尊擎天神般，矗立台北都會天際線上，俯瞰紅塵世界芸芸眾生（其中一個眾生，就是我們的女主角「小雪」），喀啦喀啦，日日運轉不息的摩天輪。東方和西方的，宗教傳統的和小說形式的，這兩種原本扞格的東西，在《旋轉摩天輪》上碰頭了。這一結合和互動，在小說的主情節——小雪那如同一隻鮭魚溯流而上，游回高山母河的旅程——中，形成一股美妙的詩樣的張力，產生了一部風格獨具、別有意境的台灣式成長小說。

從作者筆下那一幅緊接一幅，走馬燈般，流轉不停的童年影像中，活生生地蹦現出來的小女孩，小雪，雖然不像愛麗絲那樣頑皮和好奇，動作也沒她那麼大，甚至不像《綠野仙蹤》的桃樂絲那般天眞無邪，但，可以肯定的說，她是實實在在的一位吃蓬萊米，喝翡翠水庫的水，讀小鎮國民小學，蹲在租書店看《怪醫秦博士》漫畫長大的「正港」台灣女生——誠樸無華、聰明靈慧、眞。

二〇一三年新春

於淡水鎮觀音山下

輯一——終

01 世界之末

好冷。

一股剽悍的寒氣襲來，雷似竄流過身體，我倏地從眠夢中戰慄起。瞬眼之間，只見灼亮的白水光瓢潑下，精晃晃極爲刺目，我掙扎著眼皮，半晌悠悠醒轉，定睛看，才發覺自己已然置身一處白色迷茫的所在。

眞是好冷啊。冷得渾身疙瘩奮起，肌膚隱隱作疼，撐脹著，好似快一吋一吋擘裂。此刻的我漂流在一艘陋迫木造小船上（形狀方矩，像是半副廢棄的棺材板），船身微微顚晃，尾艄滲入一灘淺水，一支破搖槳孤伶伶垂掛舷上。

船行處是一條碎冰擠軋的水路，一塊塊脆裂冰磚載沉載浮，底下，隱約可見一道緩速的濬流正川行著。水路兩旁則是整落積疊的堅冰，清透的冰層析出千萬朵白皚晶花，睒睒鑠鑠，宛如一顆顆封嵌內裡、折散著翠燦箭芒的碎鑽，其中還夾帶一些卵石、枝葉、蜻蜓與蝶蛾類昆蟲，翅紋清晰可辨，就像凝固琥珀裡的絢麗化石那樣。

終於又來到這封凍的雪世界……。

放眼周遭，鬼冷冰清，盡是貧荒的極地景況。雪，漫無止境地熨拓，那光豔豔的白火燒火燎，一路奔滾至天際，兩旁疏落的矮木枝椏，聖誕樹般綴滿成串水晶冰珠，梢頭還沉沉馱著皓雪，遠方，幾座山巒挨疊，峰頂也一派皎亮，映照粼粼寒光。

我腦門陣陣擡痛，不停發脹起來。天光潑白，眩搖著雙眼，彷彿只消多看幾秒，偌大的穹窿就會開始洄轉，把人一口嗦進那白熾熾的無底洞。我感覺目光渙散，心神迷恍，一如脫繩的舺在意識洪流中盪曳，不知漂向何方。靜寂中，只聽見牙床像空谷回音，嗑嗑地猛打顫。

又冷又睏。眼前彷彿有陣陣白色睡浪翻捲而來，我輕甩頭，試圖凝聚神智，好釐清自己置身此地的緣由始末。可觸目所及，無一不被粹白的深雪堙覆，風淒淒，不著邊際地颼著，寒滄漫天匝地，好似永無終止，眺不見雪世界的入口，也探不到出處，四周荒蕩蕩，遺世而獨立，彷彿崩裂了既往，也銜續不了未來……。天色一片蒼茫，分不出此刻究竟是傍晚或白晝，也不知這冰霜反射的光源爲何？那看來既非日照，也不像月光。

除了孤寒，一無所知。這地方像患有嚴重的潔症，連吸入胸腔的空氣都是澄冽的，好似肺葉也瞬間結上一層細霜。四方極清寥、冷肅，不見任何存活的生物，所有風景都錮鎖在這冰天雪窖裡，美麗而剽悍，純粹而哀絕，一如死亡那樣。

我又仔細環視了周遭。眼前幾株矮樹頹垂著稀疏枝葉，止靜在廣漠冰海，像潛入沉邃的冬眠，了無生氣，靜得感受不到一絲微息，連同那些緊軋冰體中的花葉飛蟲，於不同世代夾縫，分別的生命進程裡，先後全讓積雪給層層封印，就這樣在紛歧的枝杈、各自的時間莢囊中，展映著浩劫一瞬，那最末的表情姿態或垂死掙扎——有的空洞，有的虛無，有的惶愕，有的怨忿……，無論何種原委和經歷，一切都在屬於它們的那一刻，戛然停格了。

如果凡事都有肇端，我想，這裡無疑就是世界的盡頭。

不知何時，雪，開始無聲無息降落。一簇簇細綿綿的羽絨雪，款款飄墜，天色稍沉黯，四周更嘆寂，只剩淨素的雪絮漫天顫舞，煞是美麗，我不禁想起曾別在我髮際的那蕊小白花……。然而這滔滔白雪，不久便如眼前所展示，將一層、一層密實地積壓成頑強的堅冰。好一會，我抬頭眺看著飛雪。這是一場艱鉅而浩瀚的旅程，卻不知這扁舟和濬川將行抵何處，流向何方……？而我心裡有數，現在不過是開始。

我歎了口氣。雪持續悄沒聲翻落，凜冽的空氣團團圍獵，我身上已沾染朵朵冰花，鼻頭僵蠟，雙耳也凍掛著。該是動身的時候了。我試著搓暖手，坐挺，拾起舷邊的木槳，往冰面使勁摧搗，十指刺辣辣，像攥握一把碎玻璃。我忍著痛，用那破槳窘困地往前挺進，剉擊、鏟挖，撥划，有如一場水上障礙賽，頓時河面的浮冰逃難似，又鐺啷啷競相擠軋了起來。然而前方水道險厄重重，顛躓難行，我只能勉強剔開阻礙，像個旱鴨子怠速挪移。

雪越下越大了。剛才好不容易凝聚起的鬥志又漸漸潰敗，豆大的汗珠沿著額角跳水，遇冷的意識還未成形，便在半空中結成霰，滴滴咚咚摔下來。

就在此時，突然船身傾滑，莫名顛盪起來，猛力撞擊冰磚。一驚蟄，我猝地重心不穩，一陣地轉天旋，從小舟上翻跌下來。

02 黯夜裡

我猛一搐，迸睜眼。這回是眞醒了。

仍是夜半時分。迷暗中，我挲挲細滑的雪絲絨床罩，辨識自己確實好端端躺在房裡，便又闔上眼。斂捲臂彎裡的老狗玻麗，大約是夢魘，一聲嗚嗷，仆地抖翻身，把我給撼醒。原來方才夢中震盪，不過是現實裡些許的晃搖而已。

又是黯淡無光的夜。濁熱旱夏，窗外天空一傢黑稠，不見半點星芒，連月亮也潛遁無蹤，消融墨色裡。空氣沉沌沌，屋內魆悄悄，彷彿所有事物都浸沒夜海底，只聽見枕畔狗兒偶發的、漂遙的含混囈語。

我的頭還昏脹不已，渾身溼黏，涔出一背脊冷汗。我猷坐床頭，感覺自己依舊欹簌抽顫，好似那股迫人的寒意仍環伏四周，像隻八爪獸從夢裡探長足肢，穿戳現實邊界，緊密地攫住我……。我拽過身旁那條舊毛巾（從小即便夏天，也要巴著什麼在胸口才能安睡），兜攏膝頭，嗅聞膠著纖維裡那股時光陳釀的酸味，好一會，直到寒慄漸漸止息。

醒來後，感覺喉頭又乾又澀，拖著身軀下床，摸暗來到廚房，嘩嘩倒了杯水，牛飲而盡。沁涼的水流穿過咽喉，發出空蕩蕩的咕嚕巨響，好似傾注一口焦涸的、邃深的井裡，旋即無蹤，半晌，只嘔逆出一串虛無的氣嗝。

繼續攤躺床上。睡意全消，窗外夜色依然慘澹。一旁的玻麗被我給攪醒，也撐起身，睡臉惺忪地抻展腰，晃蹌腳，戰戰翼翼跳下床。十七歲高齡的牠已漸耳塞眼盲，喪失了聽覺反應，目光也溷濁不清，行動變得遲緩而拘縮，稍有動靜便莫名驚怵。

地板咯噠咯噠響，玻麗晃盪頸上的吊鈴，躡腳走向浴間（頭頂像配裝了一台故障的導航，屢屢會擦撞櫥櫃或門框），探著孤蹲角落的狗碗，大口吸嗦起來。喝完水，順道踅至門邊，抖顫顫抬起腳，撒泡尿，便又噹啷噹啷搜索地走回房間，顛擺擺蹬上床，尋嗅著，然後身體一扳，安泊我懷裡。

當眼底瞳彩黯褪，再無光照指引，生命已然進入永夜，只殘剩稀薄的嗅覺，在黮默中，覓拾沾黏記憶裡的氣味廚餘。

我探手撫摩著玻麗，指梢輕輕划過那粗燥毛皮、頹喪的耳耷子、單薄頸背，攀越一節節癰凸的脊梁，再翻落一坳陷塌的股腹，最後橫跨一條條清晰可辨的胸肋……，如此日復一日，像是生命的巡禮，再次完成那短促卻艱難的旅程，這樣方能確切地感知，時間正一寸一寸退撤，生靈之氣也在魆地裡，一絲一絲潰散著。

玻麗很快又墜入夢鄉，在燠悶夏夜裡，沉沉喘著氣，歙出陣陣溫潤鼻息。我側過身，將掌心輕貼牠肚腩上，一面浸染著暄暖體熱，一面吸嗅濃郁的汗腥味，一面諦聽那規則的呼息，靜靜地、塌實地觸覺生命依然起伏的感受。

我闔上眼，同玻麗一般蜷起四肢，好一會，想試著延續方才的夢，接繼那未知的奇異旅程，卻怎麼也無法入眠，腦袋像給潑了瓢冷水，無比清澄。我歎了口氣，彎舉手，尋著床頭音響，再次扭開蕭邦的E大調第三號鋼琴練習曲。

闃寂夜半，纖細的琴音宛如蛉翅輕輕拍顫了幾下，詩夢般的主旋律翩然響起，在暗室中踟躅、迴旋，彷彿有雙深情的手徐徐捋挲著、撫慰著黑白鍵。我側耳傾聽，想像此刻少年憂悒的蕭邦，肩披黑斗篷，隻身漂浪異鄉，在白皚皚的雪地踽步獨行。雨雪雰霏，漫無止境地飄落山脊，墜掛樹梢，迷濛天色裡，一點一點堙沒了少年腳下的破舊雪靴……。

夜，似乎更濃黑了。空濛濛，像一頭沉默的巨獸覆罩大地，發出低勻微息，緩緩噬吞著萬物。無數個夜晚，我就這麼仰臥床鋪，睜望著窗外的山巒、屋宇、街道和路樹，由遠而近，一吋一吋消釋，最後全靜靜沒入黑洞洞的虛無裡，只剩幾盞失眠的燈炬，百無聊賴地漂搖著。

03 明日樂園

豔陽罩頂，暑氣暢旺。偌大的園區悶騰騰，像一口大烤甕，熏烙著，泥板地滋滋作響，鋼鐵迸擦鏃鏃火星，人也給炰得竄煙，都快焦脆了。

除了販賣部，園內毫無遮蔭休憩處。家長紛紛揮著手巾、打起花傘，亦步亦趨遊逛炎日下；孩童們戴上各款各色涼帽，汗著身軀相互奔逐、尖嘯；女學生潑甩馬尾，搖擺著迷你熱褲；男孩子高高捋起了袖管，仰頭猛灌可樂，烈燄下，一派亂烘烘，好不熱鬧。

我穿著藍背心，佇立「冰風暴劇場」入口圍柵旁，依序爲遊客們撕除票角。日光飛瀑而下，陣陣熱浪翻攪，我感覺有些睏倦，眼前景物浮眩，彷彿仍置身那場白燦燦的夢境中……。肩臂莫名痠疼（連撕票角的工作都顯吃力），好似昨夜裡眞鏟了一眠的雪，筋骨抗議地鼓顫著。

「童年夢工廠，打造快樂的明天。」四處可見彩色浮雕看板，搭配卡通插圖，大大豎著「明日世界」遊樂園的創園宗旨。

暑期旺季，遊客紛沓，每項設施前都人龍迂擠。我漫步園區裡，巡視著——入口左側是三百六十度飆轉的「競速風火輪」，右前方有一百八十度拋擺的「衝天海賊船」，還有離心甩盪的「黑色飀風」。再往斜坡上走，中央矗立著三度空間迴旋的「大海嘯」與販售飲食紀念品的噴泉廣場，右手邊的七彩篷帳內，則有華麗的「皇家馬車」、奇炫的「星際飛船」，以及令人暈頭轉向的「搖滾酒桶」、「八爪章魚怪」……，沿途叮叮噹噹、嘩啦嘩啦，所有機械火力全開地運作著。

此起彼落的驚號、呼哨，宛如一場紛乘迭起的災難演習。嘈嚷中，我不時停頓腳，傾側耳，依稀聽見各種遊戲機具鐵鏽的摩刮聲……。晃耀日頭下，只見一座座巨型鋼鐵結構給烙得紅灼，潑濺金光，伴著纜繩來回擺曳、履帶不停圜轉，機體的黑鏽也一塊塊蹭剝，窸窣窸窣，宛如天女散花自空中緩緩飄墜。風嘶鳴著，雜糅萬籟中，那是時間撼盪而過的聲音，晃啷——晃啷——，就像鐘擺那般規律清晰。

眼前繽紛蓬勃的景象正悄悄斑褪，一如世上眾多已汰除的遊樂園，也曾這樣賣力騰旋、飛轉，直到一日電力耗竭，繁華落盡。

我繼續繞行著，步履浮鬆，像遊走沙漠中。午後，陽光依然灼鑠，遊客們卻玩興不減，好似要燃盡渾身精氣方才罷休。一個頭戴維尼熊帽的男童撒賴地上，踢蹬腿，滿臉涕涎號啕不止；幾個掛著相機的父母攀跨欄杆上，抻長脖頸，忙不迭校準焦距，捕捉孩子乘著太空艙俯衝而下的剎那歡顏；噴泉廣場，一群兒童拔尖嗓，簇擁而上，兜起米尼哈尼又摟又蹭，爭相與牠們合影。

米尼和哈尼是遊樂園的看板吉祥物。搧著招風耳、繫上大紅蝴蝶結的米尼，顯然是隻僞迪士尼米妮的鼠玩偶，可我始終摸不透，方頭闊嘴、拖沓長尾巴（走路還得拎著，以防別人或自個兒踩著仆跤）的粉紅哈尼，長得究竟像狗還是驢？大熱天裡，只見牠倆躥躥跳跳，默劇似搬演各種俏皮姿勢，任憑孩子們擺布。

我的童年也曾有個夢工廠。那是一間座落半山腰的遊樂園，門口佇立著兩隻龐碩的、正待昂翔的小飛象。園區曠闊，草木扶疏，每逢早春吉野櫻盛放，風一撣，白色蕊苞便莎莎地彈捲，漫天鉋雪……。園內各項遊戲設施錯落，綴滿霓虹燈泡的「音樂木馬」，不停旋繞的「七彩咖啡杯」，遊曳人工湖上的「愛之船」，橫衝直撞的「碰碰車」，以及逆風疾航的「飛行椅」……，當然，還有聳立至高處、直要觸及雲端的「旋轉摩天輪」。

只有孩子們知道，那裡四處匿藏出入夢境的祕密洞竅。在樂園內，每一種遊戲有啟始也會終止，依循相同輪軌、固定轉速，和諧而穩當地運行，周而復始。每一次出發，都是嶄新的夢之旅，令人莫名亢奮的、微型的逃亡與歷險，載著他們高飛遠遁，暫且拋離這現世。直到廣播響起，頻頻驅散人群，循著下坡路，繞出了旋轉柵門，回過身，方才如夢初醒，眺著夕日下巍峨的金色建築，眷眷不捨地揮手道再見。

後來，那座遊樂場也隨著時間隱褪，漸漸爲人離棄、丟忘，最終步向一致的宿命，軼失荒林裡。

明天眞的會快樂嗎……？每當覷見孩子們開懷暢遊，越是歡娛便感到越殘酷。有一天，這些都得悉數償還，盪得越高，就要墜得越深、越重。明日的世界匿伏多少未知災厄，所有的快樂，卻只在瞬眼間，一如那些被高高拋甩的笑聲，來不及攔接，霎時消散風裡。

巡查一圈後（途中也替遊客們引路或拍照），我拖沓著運動鞋，渾身沉甸甸，步向位於邊區的行政大樓。空蕩蕩的職員休息室，只見哈尼一個人懶洋洋箕踞門邊，摘下了狗頭（驢頭？），背著陽光，躲進陰影下納涼，大口哈著菸。

「還好嗎？」我隨口問候。

「馬的，熱爆了。」哈尼套著粉紅色絨毛大衣（尾巴垂繞地上），滿頭溼黏地抱怨：「這工作眞不是人幹的。」

我咧開嘴，笑了笑。不知爲何，哈尼這副詭怪的狗身／驢身造型，總惚惚恍恍，喚起我腦海裡某個驅之不散的記憶……。那是遊樂場熱門的鬼屋迷宮，一票人接龍似鑽入魆長甬道，探進一處暗無天日的地窖裡。那天遊客擠蹭，有人受驚怵，鬼哮著，忽地人群便開始推軋起來，一不小心爸鬆了手，與我錯開。人潮波湧著，我趴杵原地，像個盲子頓失所依，於是獨自一人在黯黑裡，放聲哭號了起來。

04 摩天輪記事

一如遊樂園多數設施，依循科學的槓桿、輪軸或齒輪傳動原理，機械式運作著，終而復始，摩天輪亦如是，日復一日圜旋，緩步地爬升、伏降，一格一格流轉時光，眺盡日出日落，在天空銜疊一圈又一圈飽滿的圓，那樣無比祥和地運行著。

一種渾純和諧趨近完美的巨型結構。有別於其他設備追逐速度與刺激，摩天輪卻散放一股恬靜、舒徐的存在感。此外，它還是遊樂園自開園那刻起，便不曾中止運轉的唯一機具。

小時候，每回翻越大半個遊樂場，搭上獨峙高處的旋轉摩天輪，坐定開放的舊式纜廂裡，一階一階往上攀升，感覺雙腳逐漸抽離地表，心情也隨之浮搖起來。那時我常暗自想望，當摩天輪登抵至高點，倘若時間就此停駐，該有多美好。極致的飽和點……，風狷急，攪亂了髮，把衣服鼓成翅翼，內心也給充盈，彷彿就昂立世界之頂，令人悸動莫名。但時間未曾候留，還來不及細數，端頂的風景稍縱即逝，轉瞬，摩天輪便開始向下滑移，直到安然返抵地面。

如今在遊樂園裡工作，其中一個重要緣由，我想，即是冀望每天抬頭就能眺見在空中盤旋的、美輪美奐的摩天輪吧。

摩天輪首度呈現世人面前，是在一八九三年芝加哥舉辦的世界博覽會上，爲了與一八八九年巴黎博覽會的艾菲爾鐵塔一較高下而築造。超過一世紀的歷史進程裡，矗立各地的摩天輪，紛紛推衍出瑰異多元的樣貌，以下，是有關它的一些趣聞蒐錄：

最美麗的摩天輪

二〇〇一年春天於東京初亮相的「鑽石與花摩天輪」，座落葛西臨海公園內，輪高一一七米，乘載四八〇人，遊客可從相當六十層樓高度遠眺房總半島的海岸風光，並鳥瞰富士山、東京鐵塔、彩虹大橋與迪士尼樂園等景點，感受空中漫步的逸趣。入夜後，連綴輪輻上的雪色氖燈宛如一顆鑲滾天際的巨碩水鑽，與花樣霓虹彼此更迭，在夜空綻射晶璨光芒。

最古老的摩天輪

位於奧地利普拉特遊樂場，自一八九六年迄今已屆百歲的「維也納摩天輪」，在二戰期間遭砲火摧毀後重建，是碩果僅存的十九世紀摩天輪。總高六十五米，只有十五個車箧，機型十分古舊，轉速緩慢，雖然在設計與規模上無法和現代摩天輪比評，卻已成爲藝術之都裡屹立不搖、獨樹一幟的公共藝術品，曾因出現於電影《黑獄亡魂》而舉世皆知。

最著名的摩天輪

曾是世界最高、爲紀念千禧年而打造的「倫敦之眼」，豎立於泰晤士河南畔，總高一三五米，重達二一〇〇噸，共有三十二個時空膠囊狀的弧形光學玻璃觀景艙，艙內裝置太陽能電池，供給空調、照明與通訊服務，可載客八〇〇人，繞行一周需三十分鐘。晨日，摩天輪像一隻白色巨眼俯瞰倫敦市景，到了冬夜，膠囊座艙在皓雪映照下，折散神祕的森冷藍光。

最不可思議的摩天輪

位於孟買秋帕逖海灣，每逢嘉年華會，附近居民湧入，沙灘上匯集眾多飲食小販與展售新奇玩意的攤位，其中最聚焦的，便是令人瞠目的「人肉摩天輪」。一般高約六米，沒有接駁電線，由三、四個身強體健的壯漢，輪番在窳陋的支架間爬竄，使勁拽拉、推轉，身手矯捷，好似滾輪裡奔碌不停的倉鼠，使摩天輪本身即是一項驚險刺激的特技展演。

由此可見，世界各個角落無論貧富，都有一座昂聳的、滿足人類夢想的摩天輪，一如守望城市的燈塔，連綴不息地運轉著。

不過，任憑科技躍進，再新穎巨麗的演變也比不上那挺立我記憶裡、小而美的摩天輪。鏽舊機殼、陋迫的開放式車廂，卻感覺分外溫馨豁朗，彷彿懸掛天際的纖巧吊籃，輕兜慢轉，頂著麗陽，乘著和風，如夢似幻地飄擺著……。

05 狗日子

輪休日，昏睡至過午才甦醒。

勉強爬起床，趿拉鞋，迷迷懵懵走至浴間。嘩啦啦漱洗完畢，就著水龍頭，盛滿水，咕嚕暢飲而盡。好久沒有仔細檢閱鏡中容顏。我剔去黏貼唇角的雪沫，細數著。毛糙的髮，兩塌風乾黃柿樣的眼窩，打摺的眉頭，鬆腫腮頰，焦煸丁香魚似的癟嘴……，且不知何時臉上囤集了密匝匝的波紋，彷彿一夕平添，令人怵目驚心。滿身倦怠，似乎再多休息，也永遠無法填補睡眠的黑洞。

時間眞是可怕的掠食者，我怔望著自己，竟有種恍如隔世的感覺。

拉開冰箱門，空空如也，只剩半朵乾枯的花椰菜，幾枝頹喪的青蔥。拆開泡麵袋，澆入滾水，闔上碗蓋，等待。稠濁的午後，玻麗仍沉陷夏眠中，我踅至房間，蹲踞床舷，悄聲地、捏手捏腳凝睇著。

極低緩的呼息，偶爾跖掌輕搐。炎陽自帘縫篩漏，玻麗半睜的眼瞳灰涼而溷濁，好像市攤上兩丸白瞪瞪的死魚眼，感受不到溫度，也毫無光影波動，空落落，一派死寂，彷彿那內裡並不住著靈魂。

小時候，家裡養的第一條狗就喚作玻麗。那是爸爸從工地撿來的小黑犬，泡泡眼，瘦皮猴樣，成天瀉肚子，一回自個兒在店鋪前玩耍，卻不小心丟失了。那天晚上我們全家動員，扒街掏巷地搜尋（我一路哭哭啼啼），可玻麗從此一去不返，獨留一只狗碗淨蕩蕩匿伏餐桌底……。後來同爸爸逛夜市，行經寵物店門口，又驀地瞅見一條長毛犬，渾身金爍爍，鬚軟的髮優雅地飄墜著。眼一爍，父女倆磨跎狗籠前，佇望許久。

「這什麼狗？」我楞楞地問。

「外國的迷你品。」爸回答。當時除了土狗，甚少有舶來種。

「那，牠聽英文嗎？」

「唔，說不定哦。」

金色小狗甩了甩秀髮。

「喜歡嗎?」爸忽地問。我迸亮眼,直搗頭。

老闆從店裡走出,笑咧咧說:「喜歡的話,算八千塊就好。」

八千塊哪……,我心裡犯嘀咕,當時一碗冰豆花不過十元。我和爸頓時熱血退散,望狗興歎,聳聳肩,悵然離去。

多年後,我養了隻同品種的狗。大眼汪汪(一如爸那對炯亮的、眼褶深鏤的黑眸),翠燦被毛細如絹絲,日照下抖潑金光,有「移動的寶石」美譽,而來自英國約克郡的牠,其實也聽得懂國語。

不過晃眼,玻麗已垂垂老去,毛色斑褪,雙瞳黯淡無光。深眠中的牠有時呼吸孱弱,幾乎探不見聲息,四肢僵蠟地側臥著,眼白外翻,嘴角塌垂一蕊紫青的舌。幾度我神經兮兮,伸出手,輕觸,以確認牠依舊安好如昔。彷彿有條隱形魚線,這事總鉤喚起潛匿我意識深海的底層記憶……。

同樣炎酷的午後,房裡氣流沉滯,四方魆悄悄,只有鋪著一格格泛黃的白色方塊磚的牆面環伺著。爸闔眼平躺床榻,久久,一動不動,孩童樣微張嘴,唇皮癟皺皺裂。我端坐床邊,雙手斂疊腿上,怯怯地打量。室內醱酵一股腐氣,雜糅森涼霉潮、食物酸酪、辛嗆的消毒水，以及藥材土腥味……，我仔細辨識著。似乎過了許久時間（房裡沒掛鐘），終於我忍不住，小心翼翼探出食指，偷偷點觸那隻墜掛床沿、瘦削蠟黃的手。

爸倏地抽甩手，閉攏的眼皮微蹙。我旋即縮退，心生赧愧。

回到方才的狀態。我技整心情，盡可能弛緩呼吸，同樣一動不動，甚至一眨不眨地靜坐床邊，進行某種神祕試驗。孤絕的密室，闃漠漠，靜得像給軋縮封存的眞空包，我假想，倘使一切暫止運作，情狀膠著，時態凝滯，或許形質便不再漏失、敗壞……。有那麼片霎光景，我以爲時間眞停駐了，可只一瞬，便又聽見忽微的撼盪聲響，漸漸，那不存在的鐘擺越來越清晰，我甚至感覺有雙白森森的眼，在身後伺探。

我深吸了口氣。畢竟時間不僅只是概念，那耷垂的頰肉、青筋暴突的指骨，在在應驗時間正悄靜地，一剜一剮剽掠著生命。

繼續枯坐著。四周昏沌沌，燠悶不已，但當時的我再清楚不過，此時此刻，爸躺臥床上的這一幕，很快就要消撤。經驗教導我，在感知上，時序並非線性推進，卻更趨向幻燈片切換般，是斷裂的、跳接的，咔嚓，咔嚓。一如裁修過的故事，下一格，情境依舊，而爸已不在風景中。

泡麵過軟了，我掀開碗蓋，白霧蒸熱雙眼。盤坐沙發上，一面轉著遙控器，以鮮騰騰的即時新聞佐伴乏味的午餐。玻麗醒了，顛擺擺晃過來，雙腿箕踞，朝我咿嗚兩聲。我夾起兩捲麵條，鋪擺地板，牠嗅了嗅，然後蹬上沙發，偎靠我身畔，繼續閉目養神。

電視裡，每天上映著變亂紛乘的新聞，像搬演不完的災難片。慘遭網友姦殺的女學生，兩天後屍首浮出荒僻的排水溝；失業的單親爸爸載著兩名稚子，從漁港防波堤暴衝而下；獨居老人在家摔斷腿，受困五日倚賴喝尿求生，直到社工探訪才發現；西班牙發生六級強震；美西颳起超級龍捲風；這天，全台有三件被報導的大小車禍，共造成兩死三傷……。

我一面咀嚥著。厄運恰似俄羅斯輪盤不停圜轉，明天誰將給嗦進那黑洞誰又姑且逃過一劫，誰也沒把握。但人人暗自慶幸，日復一日嗟悼著、傳述著別人的遺憾，聊以慰解。

有時我覺得自己無異於禿鷹，漠漠然，一口一口剝啄屍骨殘骸，成為活著的養分。但這不是誰的錯，那些降臨他人身上的災禍，至多也就像密閉車窗外的一場滂沱大雨。這世上最艱難的旅程，莫過通往另一心靈的長路，或許就任何意義，那條路也從不曾存在過。因此，與其佐以廉價的慈悲，不如就靜默地咀啖，消化和吸收。

爸離去那夜半，家中燈火通宵，人來客往，一片亂嘈嘈。翌日午飯時間，不知誰煮了桌豐盛的菜，我和兩個哥哥給領至廚房，圍攏餐桌旁，呆若木雞地杵著（禮俗上不能入席吃飯）。惚恍中，隱約聽見舅媽（或姑姑？）哽著鼻子，一面添飯，一面輕拍我的肩，柔聲勸慰：

「多少吃一點，不要累壞了身體。」

我握舉碗筷，愣愣覷著滿桌佳餚，菜香撲鼻。那頓午餐，因連日疲憊與飢餓，最後我竟無法克制地扒光碗裡的飯，吃得一嘴油，肚皮撐脹，飽食後還悄悄打了串嗝，且那夜裡也睡得異常深甜、安穩，一覺天明。

午後，陽光正盛。收拾一週換洗衣物，一股腦倒進洗衣機，闔蓋，啟動按鍵，旋轉。在等待期間，自書架取來一本《觀光遊樂場業調查報告》，攤躺沙發上，隨意瀏覽。

陣陣暖風攀進陽台。我極喜愛各色各樣的年鑑類讀物，比方《鐘錶年鑑》、《世紀電影編年》、《熱帶魚百科圖鑑》、《懷舊模型／公仔全蒐錄》……等，齊備的資料，條列式規格型號，鋪展出清晰的歷史輪軌，搭配簡明的統計表、珍貴相片，鉅細靡遺拼綴起一龐雜的時代輿圖，琳瑯的萬象世界。假使人的記憶也能編纂成冊，細細爬櫛、抖掛，按年分一件件收納妥貼，不再漏脫或丟忘，該有多好。

據這本由觀光局研究出版的刊物記載，台灣遊樂業的濫觴，始於日據時期「台北動物園暨兒童園遊地」，直到民國六十年，台日技術合作的「大同水上樂園」首度引進大型機具，正式揭開了民營遊樂場的時代，往後二十年，風起雲湧，金鳥海族樂園、珍珠嶺海角樂園、尋夢谷、達樂花園、卡多里樂園、明德樂園、童話世界、悟智樂園……，眾星燦耀，全盛期總數超過兩百多家。

兩百多個遊樂場哪。多不可思議的景況。炎炎暑日，整座小島宛如不夜的嘉年華，四處舉行著狂歡派對，叮叮噹噹嘩啦嘩啦，漫天拋轉，水光飛濺……。真是令人無限緬懷的七〇與八〇年代。

只是好景不常，隨著國外旅遊普及，加上同業競爭、天災與金融風暴等因素，那些風靡一時的遊樂園不堪虧損，接連吹起了熄燈號，又漸次黯滅、隕墜，如流星一顆顆沒入森黑的永夜。

晾好衣服，已近黃昏。玻麗盤踅門邊，搖著電動小馬達，嗥吠，頻頻催促。我將牠裝進外出袋，從書櫃挖走幾本到期的書，帶上門，下樓，往河堤的方向走去。

寧謐的河堤，只有零星幾個散步的人影。玻麗繫上背帶，踢蹬腳，一路東聞西嗅，踏尋著風向、日照，以及草叢間雜糅的各式氣味，摸索地往前探進，三兩步便抬腿小解，亢奮得拴不住尿，沿途滴漏，有時四隻腳趕不及內心節奏，荒腔走板，險些給踉倒。這是牠一天最精神的時刻，彷彿記憶著自己仍是莽直精悍的壯年。

夕陽披垂，抖洩一地金光，蜿蜒的堤道眺不見出口，沿著潺潺小溪鑲滾至天邊，好似無窮無盡。風潑潑，撩亂髮絲，挲挼著溪床旁小穗初抽的甜根子草，窸窣窸窣，吹彈一排銀白色、晶晶爍爍的雪絮。

我靜靜走著，像穿入一條深闃的時光甬道。在我泛白的童年記憶裡，也有一道城壘般蚰池的長堤。那是位於舊家門前土夯的老式矮堰，宛如一隻延展的臂膀，攏納基隆河支流，每年中秋，家家戶戶擠踞上頭，接龍似搭起一排烤肉架，滿堤飄香，白煙熏嗆；年節時，那兒成爲烽硝戰場，水鴛鴦與沖天炮齊竄，砯砰炸腳；到了元宵，街坊小毛頭集聚，高舉火把和燈籠結夥夜遊，沿著彎彎河堤，鑽過黑壓壓的橋洞，成群蝙蝠爆破般自頭頂劈里啪啦迸逃。

那時，許多人家還將堤岸下豐沃的河川帶，整頓成一壟壟耕地，栽植形形色色、沉浸日光浴裡的作物——綴滿青澀小麼的木瓜樹，綠葉成蔭的葡萄藤，顆顆蔥翠肥碩、直要壓垮竹架的瓠瓜，漫地匍匐的番薯葉，還有風鈴樣墜吊棚頂的長紫茄……。

爸爸也圈起一塊畸零地。熱愛園藝的他，一草一鋤，獨力耕築了一座生意盎然的後花園。每當我閉上眼，努力翻掘記憶的深坎，彷彿就能感受絲微風動，嗅著淡薄土氣和草味、一絡桂花幽香，在黯默中窺見旭日下撲閃閃的芒果欉，以及矗立園圃中央、成片迎風飄擺的玉米田。

幼時的我，經常同哥哥在菜畦裡遊耍，腳下踩軋鬆軟的泥，網逐一蕊蕊撲翅輕顫的雪白粉蝶，掏挖雨後冒出土表的蚯蚓，撈捕泥塘裡的大頭蝌蚪。幾度，我來回穿走那片比我個頭還高的玉米田，擘開陣陣波浪長葉，循著爸爸的呼喚（他總愛同我玩捉迷藏的遊戲），在灼爍陽光底，覓索他的身影，好似逡遊層層迷陣裡。痲雀啪嚓驚遁，起風時，株頂的金色花絲莎莎、莎莎晃漾，我頓地沉陷一片光灩灩的玉米海。爸的聲音時遠時近，彷彿斷線的風箏，就要給吹散，我加緊腳步，在滾滾葉浪中不停穿巡，卻像隻歧途羔羊，怎麼也走不出那夢似的迷境……。

後來，老式土堰被一群怪手剷夷，菜圃一夕坍毀，往事灰飛煙滅，高高灌築的鋼筋混泥土結構，從此將舊世界提防於外。那時，我偶爾攀上高牆，瞭望腳下平整而不毛的水泥地，心底竟也開始懷念，那總讓人忍不住掩鼻的臭餿水肥味。

我佇立河堤，遠方夕陽散擴一圈圈光漪。腦海反覆洗曬的記憶，正如暗房裡過度曝光的照片，亮部愈發暈白，細節也日漸抹平，事實上，那些太過鮮明的畫面，多半不再是記得，而是想像。至於眞正的往日情景，隨著泛白記憶，將持續一點、一點褪失，最終，或許就變成了一團白雪。

堤岸旁，幾棟興建中的大樓搭起層層疊疊的鷹架，新的世界正不停形塑、壘砌，像龐然巨物拔地而起，掩去了半邊霞光。天色漸暗，我牽著喘吁吁的玻麗，原路折返，驀地，堤道上的路燈啪嗒啪嗒點燃，投下昏曖光束，地上映照一長一短歪斜的皮影，沿途搬演各式古怪、扭擰的姿態，猶如一支雙人馬戲，浪遊在無人的河堤。

繞到鎮上圖書館，歸還幾本書，回程，排隊買了便當，再晃至生鮮超市，採購鮮奶、雞蛋、泡麵、狗罐頭和衛生棉，結帳，大包小包，漫步華燈初上的街頭。車流奔嘯，行人熙攘，好似炫目的迴轉咖啡杯，刷刷地交錯，旋即滑遠⋯⋯。玻麗像隻小負鼠，蜷在我胸前袋囊裡，呼呼酣睡，無關外頭世界的紛囂。

返抵住處。狼狽地推開門，卸下一身重荷，替玻麗擦淨腳趾頭，抹把臉，迫不及待拉開冰箱，灌飲大杯涼水。睡臉迷懵的玻麗也搖頭擺尾，噹啷啷踅至浴間，就著狗碗猛唧水。

電視哇啦哇啦，充塡了闃寂的小套房。我掀起便當盒，剝下雞腿肉，裁碎，拌入狗食裡。玻麗抽著鼻頭，尋嗅，囫圇吞嚥，飽啖一頓後，興沖沖銜住雞骨頭，拽到自個兒的小墊子上，用鬆搖的稀疏幾顆牙，使勁磨啃，貪饞得闔不攏嘴，黏涎直流。

用過餐，收拾清潔，在燠悶窄迫的屋子裡東摸摸西蹭蹭，就這麼，一天的狗日子又過完了。我盥洗妥當，刷好牙，百無聊賴地攤躺床上，臨睡前，繼續翻讀那本《觀光遊樂場業調查報告》。

玻麗蹬上床，伏踞著，靜靜梳舔趾間的雞骨餘味。那些曾經旅客如織、車流擠塞的遊樂場，如退燒蛋塔逐一被汰除後，有的變成荒涼破墟，徒留一堆廢銅爛鐵任風雨蝕鏽，有的僅剩斑駁路標，或客運牌上一塊名存實亡的旅站，整個樂園恍若人間蒸發，再無法識別。

至於童年那座山腰上的遊樂場，也從營業清冊中給剔除，書裡一幀大門深鎖、招牌歪塌的黑白照片，像極某個毀棄的遺址或荒塚，據說，那地方眞成了小有名氣的鬼屋景點，偷偷潛入園內的人歷歷如繪地傳述——門口乍起的怪風，樹叢間飄閃的白影，夜半兀自叮咚作響的旋轉木馬……，彷彿眞有什麼被囚困其中，封存時間膠囊裡，無法抽脫。

一切都在隳壞的道路上，一切。不知那挺立摩天輪兩旁的吉野櫻，春天是否仍綻放素馨的小白花？……我闔上書本，扭開床頭音響，反覆凝聽相同的第三號練習曲，像蠶一絲一絲織吐眠夢的繭。

一切終將化成雪。演奏進入了B段副主題，疾遽的八度和弦翻揚起滔天浩雪，月光下，漫地銀輝閃漾，我想像同樣十七歲的蕭邦，斂著陰鬱而蒼白的臉龐，繼續舉步維艱地走在嚴寒中，風聲颯遝，彷彿雪地裡的賽壬在遠方頻頻招喚、牽引……，就這麼迢迢無盡地走著、走著，直到濃夜席捲大地。

06 雪腳印

像是老舊的投影片頷頷跳顫，咔嚓、咔嚓，瞬眼間，便又迷迷恍恍地來到這寒凍的雪世界。

矩形小舟已消失無蹤，那條流冰軋擠的水路也望不見了，眼前換作一幅白瑩瑩的冰原風景，綿亙起伏，好似一襲飄曳風中的華麗天鵝絨，可不知爲何，我手裡仍緊緊攥著那支破搖槳。

粹白的雪，沉甸甸覆沒了大地，一如蹋壓心頭那份厚重的無力感。沒有任何標識、烙痕或遺蹟，甚至一點塵垢也不殘留，白得刺眼，白得令人心慌、窒息。我感覺自己像一條迷失的小黑犬（正如從前那隻走丟的玻麗嗎？），被遺漏在記憶的荒漠，困滯一團白色迷夢裡，楞睜眼，環顧著四周，不知該往何方踏去。

雪持續悄沒聲翻落，輕徐徐，一吋、一吋積疊成腳下厚墩墩的堅冰。現在的我，就只剩一個人了。

剽悍的冷空氣團團圍獵，偌大的冰天雪窖，瀰漫著穿肌澈骨的寒清，冷得耳翼、鼻頭和手指都凝蠟了，幾乎喪失知覺，彷彿稍歇片刻，整個人便急凍成冰柱。我旋旋僵麻的肩頸，瞇縫眼，眺看頂頭白濺濺、晨夕難分的天色，深深吐出一毬花霧，然後撣去身上珠霜，拄著木槳，舉步維艱地往前邁進。

忽然間，曠闊的荒地颳起一道道冽風，小刀似赤刺刺片著肌膚，漫天飛絮亂舞，宛如一場壯麗的雪沙塵暴，瞬時吞沒了大地，天光黯沉下來，眼前一派空濛。

我摀著臉，弓緊軀幹，像一株快給連根拔起的樹。半晌，風止靜，雪也停歇。我抹抹眼，佇望著。猶如一隻深眠的白色巨獸仆地抖顫，甩了個噴嚏，冰原似乎略微更動樣貌，卻說不出差異，浩茫的雪之境，欠缺對照物或參考標的，無疑成了世上最龐鉅的圍城、最繁複的迷宮。

就在此刻，我驀地瞥見前方浮現一剪矮壯人形，身上光爍爍，馱滿白雪，隱約掀露肖似紅色披風的衣角，動也不動，頗頗佇立（或躬踞？）深雪中。我猛一震。

霎時擦亮心頭的火光，我奮力划著木槳，慌蹌蹌往前奔去。是誰等在那？是誰現身這孤絕而綺詭的夢境？……我手心發著汗，鞋底上了蠟，四肢併爬，攀越浪似起伏的坡地，幾度滑了腳，重重摜跌冰上，又支起身，揉揉脹痛的膝肘，繼續向前挺進。

終於來到幾步之距，我發著喘，定睛看，頓時抽了口氣。

是個郵筒。

一個被霜雪堙覆、身上爬滿鏽斑的紅色郵筒。大約是剛才那陣強風，讓它自積雪中冒出頭。會有人來投寄嗎？這孤丁丁樹置冰原裡的老郵筒，似乎是此地對外的唯一銜繫，它將通聯到哪？現實世界嗎（假使這裡是所謂「夢境」的話）？抑或過去？未來……？我趨前探看。

郵筒沉默地杵著，上頭白鐵開口像張緊抿的嘴，已讓厚厚一層冰霜給封凍。我舉起木槳，搥擊，鑿開窗孔，探頭打望。只見內裡一團黑漆，靜落落，像個深不見底的洞竅，或枯竭的古井，乍地衝出一股森涼潮鏽的霉氣，除此外，什麼也沒有。

這郵筒就猶如一隻斷了線的風箏，墜棄在白茫茫的雪地。

我蹲坐下來，歇口氣。雪停後，空氣變得又寒又燥，皮膚一吋一吋給颼乾，緊剝剝，好似要綳裂開。一股巨大的焦涸感灼熱咽喉，我潤潤皸皺的雙唇，像離水的魚歙張嘴，渴求一滴甘澤。

眞是好渴啊。我敲了敲冰面，鏟起一把新鮮的雪，搗脆，再小口小口放入嘴裡。白淨的雪塊嘗起來細細綿綿，冷絲絲，像微量的電流冰鎮著牙床，在舌上一點一點煨暖、化開，略帶鹹澀，又透著一絲苦味。我咀含著，下意識覺得這雪就好似凝凍的眼淚。

我一鏟一鏟使勁刨著。不知爲何，讓雪水潤過的喉嚨愈發乾渴，不斷湧現陣陣刺熱。我再度眺望這白滾滾、漫無邊際的冰原。所有的東西都被厚雪葬埋了，不斷向下坍落、覆沒，沉入黯滅的永夜。我繼續揮動木槳，用力剉擊冰層，拚命地往下挖，彷彿想掏掘出什麼。

可什麼也沒有了……。眼前皎亮的雪地倏忽著火般嗶嗶剝剝燒燃起來。我又想起那個火氣暢旺的午後，白花花的日頭一路眩搖，我同哥哥們坐在沒有篷蓋與遮飾的陋破卡車上，默然無語，伴著一具簡素棺木，哐鐺哐鐺顚擺過沙塵掀揚的縣道，好像從前要駛往海邊度假那般，卻是緩慢地攀爬上山。汗珠滴答摔落，連風都是滾沸的，涮過黏膩的臉頰，我暈沉著，低垂眼，依然可以感覺兩旁行車側目而過，加速往前駛離。

荒旱的火葬場，宛如一座光熾熾的火燄山，熱氣蒸騰，煙霧熏天。幾輛遊覽車停泊在外圍空地，四處人聲鼎沸，悲歌在風中跌宕，嗩吶尖哨。穿透滾燙的氣流看出去，枯樹、黃土地、金爐，披麻帶孝的喪家……，一切彷彿都在燒熔著。

魚貫走進寬敞的大廳，挑高天花板吊著數盞刺眼的日光燈。空氣沉滯而溷濁，大鍋爐似雜燴著焦烤、香燭、臭餿油脂與過期牛乳的腐酵味。耳邊盤繞的扁平誦經聲一如緊箍咒，使人雙目發眩，腦袋渾噩不清。眼前併排著幾條鏽舊軌道，通往各自的關閘，約莫六、七公尺長（像是火山歷險之類的遊樂設施），即將推進火坑的棺槨就暫棲這頭，靜靜等待。多麼奇特的展演，一種極富戲劇感的送行。

長串儀式完結後，只聽見軌道發出喀答巨響，棺柩便驟然啟航，宛如一葉孤舟，往前方幽黯而古老的隧道緩緩滑行。閘門關，小舟被一口噬入鬼森森的黑洞裡。轟地號啕四起。此刻那門後的火像跳著夭豔的舞，正嗶嗶剝剝炙烈地翻騰吧……，我揣想，不能免俗也跟著乾嗥幾聲。事實上，那時的我已不再悲傷，只感覺有些渴。

枯坐庭院石椅上，昏脹脹小憩了片刻，直到有人前來叫喚，將我們引至焚化場後方。日頭赤燄燄，幾個人遊夢似拖著陰沉的影子走向廣場，地上四處散落著碎片，行人雜沓而過，凌亂不堪。一名著汗漬汗衫、戴粗麻手套的火葬工鏟著一把鐵鍬走上前，豔陽下閃動點點鋒芒。哪個家屬要代表？他將東西擱置地上，揭下口罩，拗起黑燻燻的肘子揩拭額頭的汗。

我瞇覷眼，俯瞰那鐵鍬。只剩這些了……。小小一鏟燒得光透、破脆的白色骨骸好似坍毀的積木歪倒著。荒謬。我腦中蹦出這字眼。眼下除了荒謬，找不到更適恰的形容。我心頭一股虛涼，楞睜睜聽從指示，拿著學校清掃水溝用的長鐵夾，鑷起其中一截尚屬完整的骨頭（大約是腿脛部，猶能感覺些許存在的重量），放進一旁石罈子裡。

這樣就可以了。火葬工接過鐵夾，拉起口罩，剔剔撥撥，把殘剩的碎渣子也一股腦倒入罈中。我靜靜凝佇，觀看那工人索利的作業，驀地瞥見他身後半掩的鐵門內，闃黑屋子裡，陳列著一座座泥砌火化窯，那便是隧道終端，上方敞開小小窗洞，隱約可見暗窟裡透射猩紅的光熱，彷彿正進行某種詭祕的質能交換實驗。是像課本裡所教，冰融解爲水，再變成水蒸氣和天上的雲，一日又降爲雨或雪那樣嗎？形體化作一縷青煙，白骨從此葬埋地底，然後呢？還有然後嗎……？我張愣嘴，焦渴不已。

步出廣場，外頭颳起了陣陣勁風，燥烘烘，翻捲著細碎的紙錢灰燼，我抬頭仰望，像漫天飄落的黑色的雪。一切彷彿是場虛幻的夢。

餘燼漸漸冷卻、暗熄，我又感覺到那澈骨的寒意。不知挖了多久時間，腳下封凍的雪地只給鏟出淺淺窟窿，小灘破脆的冰。這個世界是如此冷峻、堅硬，用剽悍的防衛剉磨體力與心志，讓人不禁一再浮升退棄的欲念。我跪坐地上，闔眼冥想，深深吐納幾口氣，試圖凝聚潰散的鬥志，撐持那不斷積疊的沉重的無力感。在張眼瞬間，目光投射處，我方才發現紅色郵筒後方，皓白雪地上，竟烙著一排讓風給抹淡的腳印。

小小的、新鮮的戳記，某種狐或獴類的動物輕耙而過的爪痕。這意謂雪世界仍有其他存活的生命嗎？還是一種指引和暗示？我支起身，拄著木槳，追溯那細碎的步伐而去。先前的雪沙塵暴吹亂了某些足跡，有的被覆沒，有的給颺遠，我沿途拼綴，像踏尋讓鳥叼走的麵包屑，串起四處散落的標記。

步行好一會，休息幾次，翻越綿延上升的坡地，攀向端頂時，忽然，整落雪燦的樹林宛如一座光島浮出地平線，緩緩映現眼底。

好美的森林啊……。我喘著白濛濛的霧氣，震宕不已。遠遠望去，巨幅叢密的、聳峙的冷杉拔地而起，層疊有序地布列著，軀幹十分碩壯，梢頭結滿冰晶，歧岔的枝條因積雪而沉沉垂著，好似陷入深眠中。周遭寒氣森森，煙霧霏微，彷彿那內裡蓄藏著、蟄伏著隱祕的什麼。

冷風獵獵地穿過樹椏，抖開漫天飛霜，發出陣陣嘶鳴，乍聽下，就好像失怙的小動物在林間深處簌簌顫慄，乾啞地嗥著，一聲銜疊一聲，直到風勢漸漸止息⋯⋯。

07 乾嚎

寂靜夜半，世界沉酣之際，偶爾我仍會被夢裡的乾嚎聲驚醒。

打從幼時起，我便是一個極愛哭的孩子，隨心任性，動不動就淚水盈眶，像壞掉的水龍頭哇啦哇啦迸洩成災。聽說我還在襁褓時，夜裡經常睡不安穩，每至更深人靜，便莫名自夢魘中戰慄起，然後鼓著腮幫，抽緊小嗓，潑聲哭鬧。

那時爸爸總會抱起我，托在肩坎，走至屋外，上河堤透透氣。我想像許多無眠的夜，街巷幽靜，堤道旁的路燈看守著田里，晚風娑娑穿過玉米叢，奔逐於河面，每日必須早起上工的爸爸頂著亂髮，套著汗衫，睡眼惺忪地漫步河堤，踏過地上一灘灘鵝黃色光漬。假若夜空翠燦，便一面數著星星一面拍惜，或五音不全地哼起〈情人的眼淚〉（那是他唯一會唱的流行歌），當作搖籃曲，直到我噙著涕水在夜色中鼾鼾睡去。

或許就是那一小滴淚珠，讓爸不捨，始終對我慣縱，凡事依順。也因此，身爲么女的我十分熱衷於哭泣，只要稍不稱心，或同哥哥爭鬧，便張大嘴嘶聲尖號，淚眼乞憐。有時爸爸會牽起我的手，一大一小趿拉鞋，頂著日頭步行好一段路，來到寬曠的十字路口，走進美輪美奐的彩繪玻璃屋裡，外帶一小盒昂貴的福樂冰淇淋。我一路捧著，踢蹳小紅拖鞋，和著淚舔啖著，也就忘卻了哭泣的理由。

記憶裡最後一次放聲哭啕，是十五歲那年，我第一次夢見死亡。當時我同爸爸正在店鋪後頭的小閣樓午憩。

那是一間克難地裝嵌於廚房天花板上的木作夾層，約莫小學生高度，隱匿而幽闃，在我們孩子眼中，猶如室內版的哈克樹屋，攀上那道又窄又陡的木梯，就像鑽進另一個歧出的維度，遁身套疊的祕密空間裡。在日後磁磚店被迫收歇、脫售，從此那褊窄的閣樓，便成了我童年一塊夾藏於陰晦角落、永恆泛著溼黏潮味的記憶。

那個悶溽長夏，暑期中的我如常到店裡溜轉，用過午飯，上閣樓小憩。大約是氣候的緣故，那天我睡得極昏沉，感覺雙腳像陷落軟塌塌的流沙裡，無法蹭脫，且迷迷懵懵做了個夢。夢的起頭當時已遺漏，只記得醒來前那無比鮮明的場景——舊家客廳裡，爸爸裹著日常的棗紅色睡袍，露出白色衛生衣褲，底下貼覆著幾近骷髏般的身軀，鬆垮垮癱陷藤椅上閉目養神，手裡握著遙控器，彷彿方才正在看電視。

我揹著背包、水壺站在家門口（似乎剛自愉悅的畢旅返來），身穿短袖運動制服，外頭是豔陽高掛的好天氣。半晌，我深吸一口氣，走進屋裡。客廳有些昏黯，我從紗門往裡探了探。爸，我回來了。我怯聲說。爸爸微睜眼，面無表情睇著我，一語不發，旋即闔上眼。又是那雙貓似森黃的眼神，孤絕而疏離，冷酷地劃出一道分界，每次注視都像鋒銳的刀刃剜入心口，在在提醒著我，他終究只是孤軍奮戰的一個人……。我看看牆角掛鐘，發現上頭的指針停滯在某個時刻（因為我的貪玩遲歸？），便又轉頭望向爸爸，才忽忽意會他已沒了氣息。夢裡的我一時震愕，兀自站在門口傷心地哭號起來。

乍醒時，我仍抽泣著，背脊汗溼，滿臉花糊。睡在旁側的爸爸也被我攪起，那一瞬，他臉上閃現往常憂忡的神色。

午後的閣樓昏曖寂靜，彷彿仍沉滯溽熱的夏眠中。我迅即噤聲，一把擦去眼淚，撇過頭虛愧地解釋：「我……剛做了可怕的夢……」

爸頓時沉下臉，這回他不再拍撫我的肩，只撐坐起病體，語氣淡漠地說：「夢見我死了嗎？」

當下我臉煞紅，好似挨了記耳光。我們之間向來知契，有時通透得令人窒息。長冗的緘默裡，微光下我驀地發覺，爸爸頎長的身軀弓踞這窄迫木屋裡，就宛如一隻因受創斂起翅翼的巨鳥，在昏黃牆面映射出碩大而垂頹的暗影，靜靜晃曳一種無法言喻的景況，如此蒼涼與哀傷……。

後來，我慢慢拴緊聲嗓，那肆無忌憚的悲啼，日漸轉化成隱諱、屈沉的低嗥，一種極度怪異的陣發性哮鳴，彷彿喉嚨給箝著，透不過氣，發出小牛般嗄啞的喘息。

初次意識這件事，是爸嚥下最後一口氣的時候。那是一縷極漫長、久久留連不去的孱弱氣息。舊家客廳拉起了白色靈幔，神明桌給封上一層紅紙，大門半敞著，屋裡悶騰騰聚集許多人，爸爸躺臥蓆墊上，雙腳朝向門口，嘴裡的呼吸輔助器已卸除。

我同哥哥們跪坐白帳子裡，替爸爸擦身，更衣。大熱天，裹覆一層又一層棉衫褲，罩上漿挺的白襯衫、暗藍條紋西服，繫好杏黃色領結，再配戴白襪與白手套。最後替他穿上黑布鞋時，因腳板腫脹，壽鞋頓時小了一號，兜套不上，當下我有些慌急，心一橫，硬是將那繃裂紺紫的雙足給塞進鞋裡。

盛裝打扮的爸爸看來格外碩壯、硬挺，彷彿要出門赴宴或旅遊，卻又吐散一股說不出的乖異氛圍。

錄音機一遍又一遍叨唸著〈往生咒〉（抑或〈大悲咒〉）。客廳角落的水族箱，各種瑰麗光炫的熱帶魚止靜缸底，黙默中，乾瞪著冰涼的眼，輕輕抖動胸鰭。眾人或坐或站，偶爾交頭低語，多半時候垂目沉思。紅色火星幽幽晃爍，白慘慘的煙霧飄懸空中，期間，我益發覺得雙膝僵麻，腰桿痠軟得無法打直。十幾個鐘頭過去，爸依舊殘喘著，雙眼迷茫，不知望向何處，綻開嘴吃力地唧吐，像電力耗盡的幫浦發出稠濁的呼嚕聲。

一定有什麼使他凝注，如此眷顧不捨，眼角始終溼濡。隨著親友黯夜裡陸續趕到，逐一上前敘別，爸那雙直睖睖、一瞬不瞬的眼神，漸漸變得濁白，像鬆脫了孔塞，一點、一點漏失光影和溫度，彷彿竭力凝聚的最後一絲精氣就要潰滅。

「妹仔……」忽然間宛如腹語般，爸用那幾近報廢的幫浦，自胸臆軋擠出一聲危弱而嗚啞的呼喊。所有人霎地自迷恍中驚蟄。那是漫漫長夜裡唯一，也是歸結的囑言。只有我懂得（幾近撕裂地體悟），這簡短的名喚是一種寬釋與理解。

終於我按捺不住，仰頭向一旁的姑姑囁嚅：「鞋子……太緊了……」

我愧疚地指著那雙黑布鞋。姑姑愣了愣，隨即點頭，俯身將鞋後幫的鬆緊帶給拉下。

當門外的夜色變成一團墨黑，爸爸呼吸間隔愈加拖沓，胸膛起伏也漸衰弛，在吐完最末一口氣後，便久久不再抽吸，悄靜靜，怔敞著嘴，像耗光瓶裡的氧氣那樣，開始不斷向下沉落、沉落……，越來越嘆寂，直至暗不見天日的深海底。

那半闔的眼皮下，宛如死魚，浮起一層灰涼薄翳，空洞洞的兩丸窟窿裡，已無涓滴聲息，亦不見一絲情感漣漪。魂魄潰散。

滿室悲啕乍起。三伯淚眼婆娑地抬起頭，眺了眺牆上的鐘（約莫四年前同樣的客廳，奶奶過世時他也是如此）。我哆嗦著肩胛，又發出那牛似古怪的、哽塞的嗚嗚，分外突兀地在屋內迴響。

「艱苦就哮出聲，無要緊……」跪坐前側的四伯母見狀，一面抹著淚，忍不住勸引。

我望著斂縮她身旁，孩童樣張大嘴糾起臉痛哭流涕的四伯，益發覺得喉頭酸澀得直要熔灼，可不知爲何，就是無法號出聲，只是不斷抽喘，在眾目睽睽下，整個人抑止不住地痙攣著。

之後整整一年光景，我腦海裡幾乎夜夜播演相仿的夢境，猶如一台過熱卻無法停止運轉的放映機，卡在某個環節上，反覆詮譯著特定橋段。

我曾夢見晴朗的午後，愛釣魚的爸爸握舉釣竿，站立陡峻磯岸上，忽地瘋狗浪驟起，瞬間把他捲進了海裡，下一幕他又溼漉漉走上前，渾身顫慄，不斷自眼鼻、嘴巴與耳孔淌出水；一棟鋼筋外露的工地，爸爸正蹲踞牆角敷著泥料，突然外頭開來一台巨碩的挖土機，抻長爪子往屋頂刨剷，一陣天搖地晃，四面磚牆轟地傾覆下，爸爸給封埋土石堆裡，魆暗中，他的口鼻塞滿乾巴的灰泥。

還有一回，爸爸開著小發財疾駛在荒僻山裡，過彎時，爲閃避一隻杵立路中的小黑狗，輪胎打滑，車身失速甩了出去，擋風玻璃爆裂開，爸爸的臉敧掛方向盤上，一片血肉模糊，夢境裡，我甚至寫實地感受到那猛乍的撞擊與拋甩力道，腿一抽，自噩夢中震彈起。

有時夢裡有夢，時間變成一團纏捲的毛線球，以致後來已釐不清究竟何爲眞實、何爲幻境？幾度渾渾地醒來，才慶幸是夢，下一刻又恍然置身現實，悵惘不已。有時也曾存疑，說不定一切就像串疊的連環套，只是一場極繁複、沉冗，遲遲未甦醒的夢而已。

宛如地獄酷刑，爸爸在我的夢裡一次又一次死去，受盡各種凌遲。漫漫長夜，我便這麼不時被夢魘與自己嘎啞的乾嗥給撼醒。清醒後，只是睜睖眼，在潑黑房裡靜默地淌著淚，喉頭緊澀，彷彿已發鏽，再沒法放聲大哭。時日久了，甚至逐漸遺忘哭泣的感覺，與該如何哭泣。

許多無眠的夜，我平躺床上，穿透眼前的墨色，一再停格、回放，仔細檢閱記憶裡的每一幕場景、每一刀畫面，甚至每一道鏤痕。懊悔著不該硬是將爸的腳塞進過小的鞋裡，或許那時他仍有一絲感知，無言地領受每個動作、細節所寓意，也洞覺著我情感底蘊的倏忽與漠然……。

直到一年後，某夜裡，我又夢見從前那片玉米田。那是個久違的豔陽日，堤岸下，菜圃一如往昔盛麗、招搖——飄轉風中的長豆莢、青甠纍纍的木瓜樹、一顆顆飽綻的大白菜、莖蔓牽纏的絲瓜藤……，寧謐地徜徉黃澄澄的日光中，微風起，溼涼的土氣與草味便娑娑播散開。畫面裡，爸爸撥開了層層波浪長葉，從光灩灩的玉米海裡走上前，襯著一輪金灼得令人不禁要覷起眼的旭日，向著夢的鏡頭露出雪白的牙，綻現笑顏。我知道，那意謂告別。

終於，漫長的死亡之夢結束，從此我再不曾夢見爸爸。年齡漸長，也鮮少再落下淚來，乾鎖的咽喉慢慢萎退、塌縮成黑洞，嗦噬了所有，眼淚逆流，悲聲消融。

大抵而言，所有的哭泣終將歇止，然而有些人的哭泣，一旦開始了就無法停息下來。

08 維修中

炎酷的八月天。

暑假已過了大半，每天入園的旅客依然不減，學生聯誼、家庭出遊，戀侶約會……，那些正值童稚的、青春的或界臨成熟的，彷彿要抓緊夏季的尾巴，在豔日下揮汗奔逐、盡情嘶喊。

整整一星期沒下雨了。半滴雨也不曾降落。高懸天際的火斗，把大地熨壓得乾乾鱉鱉，泥板地壁裂了開，石椅炁燙，草皮枯捲，欄杆也像烙鐵般熗出煙氣，可不知爲何，我總感覺頭頂的烈日和陽光很是冰冷，投照在肌膚上凍剝剝的，好似寒風那般刮刺。

悶燥的旱夏，我漫步園區裡，像行走乾荒的沙漠，眼前景物迷離倘恍，火融似浮晃熱氣中。我抬頭眺了眺天空，一朵雲也沒有，看樣子，近期似乎也探不見下雨的跡象。

已是傍晚五點，天色依舊燎朗，處理完票券相關報表與行政庶務，我步出辦公大樓，隨意走逛。打烊後的遊樂園看上去清清落落，像散場的宴席，或晨間酒吧，懸宕著虛乏與蒼涼的況味——停擺的音樂馬車，止靜的八爪章魚，歇息的噴泉池，一排捲落鐵門的商店街，以及滿地翻滾的紙袋和鐵罐……，只剩穿藍背心的工作人員正著手收拾殘局。

這天是每月一度的器材安檢日。在人潮散盡、喧譁消止後，夕照下，寂靜樂園裡，那些鏽蝕的鋼索支架、鬆脫的安全環扣、挫斷的鍊條、裂損的底台、凸出的螺絲釘……，才一一攤曝陽光中。

晃至摩天輪那一帶，碰巧遇見了哈尼，他穿著連身工作服，脖子掛著對講機，一雙粗麻手套蘸滿油漬。平日，哈尼確切的職司是遊樂園機械維修工，大從設備修護、水電配線，小至冷氣保養、管線疏通，以及欄柵的油漆工程……等，都屬他的業務範疇，每逢假日人手不足，還得套上那身卡通裝束，雜混人群裡蹭蹭跳跳。

「下班了？」哈尼舉著兩隻汙黑手套，右邊耳際塞了根菸。逆光下，他的頭髮呈現一種好看的、絨軟的自然捲度。

「快了，出來晃晃。」我說：「你呢？」

「正在做焊接點的檢查，」他抬頭覷著停駛中的摩天輪。「還有鋼架平穩度測試這類的例行工作。」

一個工讀生跑上前，將手中的黑色大塑膠袋遞給哈尼。

「洗好啦？」哈尼卸下手套，拆開袋口，裡頭是剛送洗回來的粉紅絨毛裝。他用力抖了幾下。那套裝束看來就像某動物蛻脫的一層獸皮（或更像被支解後再扒皮），鬆垮地塌垂著。

「皺成這樣明天怎麼穿哪……」哈尼抱怨，索性褪去工作服，套進獸皮裡，撐張起四肢。

「當吉祥物會不會很無聊？」我發現那上頭多處脫了線。

「還好，」哈尼攤平衣服，說：「我盡量把自己想成是徵信社或ＦＢＩ在出任務，你知道，就像《比佛利山超級警探》裡演的那樣。」

我又鬆開嘴，笑了。我喜歡他的些許吊兒郎當與黑色幽默。

哈尼掇下耳間的菸，摸出打火機，點上。「想不想坐？」忽然他揚揚下巴，指向摩天輪。「剛好要檢測馬達。」

我覷起眼，眺望著。落日斜迤，流金般的夕照正溫軟地淌瀉摩天輪上，空中勾勒一巨碩光環，輻射狀鋼條如枝梗歧岔，折散工縝而神祕的幾何形精芒，輪圈外的車艙靜靜懸吊著，像一瓣瓣結掛樹冠上的莢囊，沉浸時光流裡，透射微暈，彷彿內裡含蘊著、保藏著什麼……。

許多年過去，我不曾再搭乘任何地方的旋轉摩天輪了。

「你聽過那個說法嗎？」

「什麼說法？」

「據說當摩天輪抵達最高點時，那一刻所許下的願望就會成眞。」

哈尼愜意地呑吐煙圈。「那你相信嗎？」

白色煙圈啵啵消散空中。我微笑，搖頭。那是情侶和小孩子才樂意相信的事。

「但也許是眞的也不一定。」哈尼說。我詫異地看著他。

「因爲我總覺得摩天輪很特別。怎麼說呢，」哈尼攲著頭思索。「就是當它運轉時，好像會產生一股神祕的力量。」

一股神祕的力量……。我再次仰望，眼底暖熠。原來不只我有這樣的感覺。

哈尼鑽進窄小機房，操作起面盤。忽然間，轟地聲，像休眠的時間巨輪乍醒過來，偌大的機組開始緩緩運作、推轉，我彷彿聽見齒輪緊密鉗咬著，自機械底座發出老式鐘擺深沉的滴答音。

我攀躍上去，門扇啪嚓闔起。寧謐車廂裡，只有音樂輕輕流瀉，我箕坐著，穿透窗玻璃，探看外頭景致。隨著摩天輪一階一階緩步爬升，腳下的世界也跟著一級一級凝縮，像給遠遠拋擺的過去，款款飄搖起來，逐漸成了一幅抽象的風景畫。

我闔上眼，試著描摹腦海黯褪的光影。那就像一個個完滿的、自轉的小行星，舒徐地圜旋著——湖水綠的車筐後頭銜連海藍色的，接續是茄紫、火紅與柑橘色……，在晴空串疊虹一般的摩天輪。我同爸爸坐在我最鍾意的蟹黃色車筐裡，輕兜慢轉，風潑潑地傾灌進來，迷你車廂宛如吊籃微微盪曳，爸爸戴著帥氣的太陽眼鏡，圈起我，舉目凝睇遠方（長大才知道，他原來有懼高症）。彩色輪匝盤繞著，置身迴旋中，那安恬的小宇宙，感覺好似有一股奇異的什麼迷幻而混沌地流轉開。

睜開眼，腳下的世界已朦糊一片。摩天輪持續攀高，在這沉穩、和諧的運行裡，環衛著一種身心安頓感，如果人生也能一直這樣平順而飽滿地運轉，該有多美好……。天空越來越迫近，彷彿抻長手便能觸及，我的心也漸漸充盈，情緒膨脹起來，當車艙登抵最高點，那短促的一瞬，隔著玻璃窗，我還是忍不住脫口，向著天穹吶喊出深埋心底的願望。

下一刻，轟地聲，摩天輪倏忽煞止，座艙一陣顛躓。肯定是哪裡卡住了。我懸宕半空中。像斷電般，音樂消歇，空調停擺，但我卻依稀聽見齒輪咬死的挫磨聲……。遠方山嶺樹影晃曳，外頭似乎颳著陣陣疾風，密閉車廂裡，空氣凝凍，時間彷彿也停頓不前，悄靜中，我隱約覺察體內深處有什麼也卡住了、損壞了，或陷落某個環節裡兜繞不出，再無法順遂地往前推進。

我孤懸高空，怔望著窗外景致。腳下是川流不息的世界，而我人生的風景早停駐在十七歲，像困滯浩漫雪地，或一場層層套疊、始終無法醒轉的夢境裡。

恍惚間，摩天輪又開始緩緩啟動，一階一階往下滑落，腳底的房舍、篷帳和行人……，又漸漸聚焦，一級一級脹大、成形。不論攀抵多高的端頂，多麼迫臨天際，摩天輪終究會循著輪軌再度降返，正因它是地表上最渾純自然、趨近完美的巨型結構。

如果不回頭，便無法繼續向前。落地那一刻，我忽忽又想起心底盤計已久的旅行，或許，該是啟程的時候了。

「剛才嚇一跳吧？」哈尼站在入口處等候。

「不曉得哪裡出問題，」他搔搔頭，說：「有時候機器就是這樣，傷腦筋。」

「不會，玩得很愉快。」我微笑。「這是難得的經驗哪。而且上頭視野很好，正好讓我想了一些事。」

「那就好。」哈尼穿著蓬鬆的粉紅色套衣，手裡攬著絨毛頭。已是薄暮時分。紅橙橙的落日就快潛沒山頭，晚風乍起。哈尼背對著夕陽，暖褐色的髮彎輕輕飄捲。

「想做什麼就去做吧……」他覷著摩天輪，哈口菸，淡淡地說。

「對了，」臨去前，我突然想起一件事，便問道：「哈尼到底是狗還是驢呢？」

「這個嘛，」只見哈尼抓著頭，苦惱地說：「我也搞不清楚哇……」

輯二—迴

09

啟程

決定出發後，我向公司請了長假，說是出國旅遊。兩週是核假極限，可能會更久，說不定就不回來了，當然，也許實際上並不需耗費那麼多時間。這是一趟回溯的、卻充滿未知的旅行。

其實也稱不上旅行。我遙想盛夏的月光下，一尾尾奮力撥甩尾鰭的鮭魚，好似闖黯海洋中逆行的迷你船舟，縱躍激流，迸綻朵朵銀白水光，憑藉被喚醒的嗅覺記憶，吮啖著濛昧的氣沫、水溫與鹽度，覓索幼時腴沃的出海口，最後重返數千公里外的高寒母河……。那是一段至美卻無比艱鉅的航程，宛若一則神話，以勇氣使舵，頂風破浪，強渡瀑布和淺灘，用柔軟的胸腹蹭磨河床礫石，終致創痕累累、精疲氣盡，也許尚未抵達終點（亦是起點），半途便覆沒了。

比起鮭魚滂浩的行程，千里還鄉路，在這蕞爾小島內漂遊，歸途不過咫尺之距，如此迫近，可經歷記憶的沖滌、洄盪，又顯得莫名疏離和曲岔，以致終日躊躇，遲遲未敢踏出第一步。

猶如縝密的預演，那旅程早在腦海中梭巡過無數回。蚰蜒的長堤、黃沙翻潑的廢河道、田尾的釣魚場、街角的檸檬冰和甜不辣，窄巷裡的腳踏車行、租書店與戲院……（當然，相隔近二十年，泰半地景應已物換星移），除了踏尋往日蹤跡，重遊故地，此行另一更切迫的目的，是索訪幼時玩伴的下落——阿文，那個眞正掌握著鑰匙，得以再次開啟我童年光盒的人，使時間能倒流，或繼續推進。他就像旋轉摩天輪，是我心底永恆的懸望。

旅途首站，毋須游移，很快便下了決定。就從海邊開始吧。以海邊爲起點，是再適切不過的，因即便不在海邊，家中水族箱也早撤去，海那溼溼鹹鹹的氣味依然會在不意中浮現，彷彿一陣風捲起，它便悄沒聲竄進鼻頭，刺過眼窩，鑽入了全身肌膚孔竅，時而溫軟，時而冷颼地圍攏著我，一波波衝襲著、撥撩著最纖細的感官神經……。就在那黏鹹中，我躡手躡腳推開清晨森涼的門，尚未破曉時，攬著書包獨自穿過白色迷濛的街，趕搭第一班公車；在那黏鹹中，寂靜午後我斜躺藤椅上咀讀著《刺鳥》，猝不及防初經來潮，胯間溼暖地暈開一灘紅；在那黏鹹中，暗夜的臥房，我弓踞被窩裡，打著手電筒一字一句篆刻俗爛的愛情小說；也在同樣的黏鹹中，香煙繚繞的客廳，我跪坐爸身畔，睇著不知是消融的冰塊或膿水自隆腫肚腹下悄悄滲漏開……。

彷彿一株深植體內的老欉，盤錯的根系向四方延蔓開，縱使樹身已刨移，那氣味殘鬚依舊牢牢爪著記憶的沃壤，暗地裡持續孳衍、岔生，如何也刈除不淨。

假期第一天，我起得有些晚了，盥洗完，囫圇塞下咖啡和土司，套上輕便的T恤牛仔褲，並在狗碗裡備好開水飼料。輕聲帶上門時，玻麗仍浸浴睡夢中，燦黃的日光暖融融披覆牠身上。往返海邊的路程費時甚久，我盤算著，今日約莫只能造訪沿途的某個中繼站。

客運開上了濱海公路，漸漸抛脫市區繁囂，往海的方向奔駛，淨澈的天空在眼前鋪展開，接下來一路都將是筆直敞亮的大道。

我坐在靠窗位置。晌午時分，旅客疏疏落落，外頭風暖日麗，車內冷氣颼颼，漫漫長路，有人讀著報紙，有人吃起便當，有人躲進帽沿下呼呼酣眠。我抻長頸子，一站一站眺探窗外斑鏽的立牌，忐忑地數算著。似曾相識的路徑。這是通往海邊的主要幹道，每一過站遙遙相間，彷彿久候多時而腳底生根的引路者，滄桑地、沖默地凝睇著往來行車。沿途的風景熟習又生澀，我抵著窗，仔細檢閱，像指認畢業紀念冊裡一幀幀暈柔的黑白照那般，既興奮又惴惴不安地顫顫著。

路上開始冒出展售泳具的攤商。花花綠綠的泳衣、海賊王和海綿寶寶游泳圈、果凍色潛水面罩與蛙鞋，以及大大小小的魚撈……。其間還閃過幾攤賣茶葉蛋和水煮玉米的小販，竄著白色炊煙。海越來越近了，若不是車窗緊閉，此刻定能嗅著一絲海的氣息，而那股黏鹹溼意正嘩刺刺滌蕩著髮、沖涮過臉頰……。

行經一座臨海的白色校園，紅燈暫停後，拐個彎，碧藍的琉璃海便乍地撲湧上來。

門扇啪嗒敞開。鹹澀的海風倏忽颼竄進車內，記憶如皓茫細雪娑娑翻飛了起來。幾個學生嬉嬉鬧鬧上車，套著短褲，踩著夾腳拖，大約也要前赴海邊踏浪逐風。窗外是一處彎澳形淺水灘，金褐色沙地貼著岸邊車出一道綺麗的兔白蕾絲裙襬，款款地隨風飄滾。

公路內側，順著海灣冒出不少瑰奇的店家與異國風餐廳，藍頂白牆的屋舍、傘棚盛綻的露天咖啡座、悠颺的長紗幔和棕櫚葉……。外圍處，則新崛起數棟海景度假社區，看起來壅塞繁華，而從前這地方不過是一座荒僻、樸素的小漁村。

暑期迫近尾聲，海邊人潮消退了些，再過一兩個月，北風起，烈陽隱遁，這裡轉眼又變得風雨淒淒，回復冷肅、沉寂的景況。

記憶中，那間水族館就位在漁村最尾端，前往海邊的半路上。闊別多年，不知它是否仍安在如昔？已廢棄了，抑或早夷爲平地？當窗外忽地閃現一座斑駁陋破的佛龕，我便匆匆撳鈴，跳下車。過了這不起眼的小神龕，繼續前行一段路，便是「晶晶水族館」的所在了。

我揹著旅行袋，頂著日頭，漫步風塵掀揚的大馬路。在海邊消磨的往日時光，似乎格外容易鹽蝕、風化，我踏尋腦海斑脫的影像，覓索著。周遭越來越冷清，喧鬧的商家也漸漸褪去，整條路就只剩我一人獨行，偶爾車旅急嘯而過。沿著海岸線，我忡忡地走著。約莫走了二十分鐘，遠遠，一家矮小建物緩緩浮現，豔陽下，那形體像妍暖的流光一點一點凝集、清晰。我瞇著眼瞧，確知自己已然抵達旅程的第一站。

屋側依舊吊著霓虹管拗成的招牌，時間尚早，燈未點著，彎彎扭扭的「晶晶」二字隱褪地、靜默地凝佇海濱。

三角窗店頭看來有些破落，飽經風霜，不曾翻修的模樣。整個鋪面仍是由大小規格水族箱所砌疊起的櫥窗，但幾乎每扇玻璃片都卡上一抹濛濛的塵灰，四邊接合處，也殘留淡淡一道墨綠色苔垢。各種圓葉、闊葉、條狀與波浪水草，在混濁的水裡如塑膠道具，動也不動，懸浮其間的斑點、條紋、螢光與半透明熱帶魚，多半時刻也像壓克力模型靜置水中，偶爾才輕輕顫動尾鰭，稍許向前滑移。

噹啷一聲，我推開了沉重的玻璃門，一股濃烈的海水、魚飼料及魚體摻雜的腥臊味仆地迎面襲來。我鼻頭一酸，隱隱然有種回到家的錯覺。

10 晶晶水族館

溼暗的水族館，天花板垂吊著幾盞老式日光燈（有些燈管懸缺），投下茫昧的照明，貼近屋頂的牆面底漆蛻脫，生出白色粉狀毛絮。四方屋角，囤塌著一包包砂石、魚飼料和器具，幾副乾枯的漂流木與異常油綠的塑膠水草，靜靜挺佇牆邊。

水族館內部與外觀感覺截然不同。雖說店裡裝潢一樣滲透著窳舊的氛圍，可那一具具塞滿屋子的矩形玻璃櫃，好似異次元神祕發光體，違和地存在，昏曖中，射散一股奇異、淒濛的華麗感。

除了外頭兩扇落地玻璃櫥窗，室內還陳列大小堆疊的水族箱。我隨意穿繞著。每個箱體上方都架設了一盞美術燈，投照幽靜的靛藍光束，將那片小小水底世界暈染得迷離倘恍。沉水幫浦噠噠地打出細簇的雪白氣沫，梭巡其間的各種熱帶魚——三間雀、月光蝶、黑豹、藍魔鬼、皇后神仙……，顯得格外翠燦斑斕，款慢地搧動臂鰭、晃曳尾裙。周遭點綴夭娜的礁岩造景，缸底，平鋪著碎亮的貝殼片、珊瑚砂或絢彩玉石，營造出一如夢似幻的境地。

瑰美，卻吐綻著腐穢之氣，如此哀豔，一如死亡那般……。

我輕輕吸嗅著。從踏進店內那刻起，就恍若遁入另一個世界。因屋子裡（或者該說這屋子本身）泛溢的那股濃烈腥臊味，是同所有魚群吐納相容、脈動一致的氣息，彷彿這地方並非人類生存的場域，而是海洋漫出的一部分。在推開門的瞬間，已然涇渭分明。

我穿過層疊、迂迴的玻璃迷宮，朝裡邊走去。櫃檯後站了個男人，穿著白色Polo衫，戴著黑框眼鏡，頭髮如乾草岔立。

「歡迎光臨。」他點頭招呼，躲在鏡片後的一對小眼珠愣怔地瞅著我瞧。半晌，忽忽脫口說：「啊，好久不見……」

我停佇腳步，心底訝異。這間位在往返海邊路上的水族館，出售的泰半是附近撈捕的海水魚，還有少數稀罕的進口魚和蝦蟹。以前，每次從海邊回來，倘使當日漁獲不多，爸爸便會順道上這兒來遊逛，觀賞新近魚種，以及一屋子美輪美奐的婆娑倩影。

除了老闆夫婦，每回到水族館，總會看見他們的兒子在店裡穿巡，捲起袖管清滌魚缸，鼓著腮幫搬抬重物，他身形魁梧，但長相清秀，總微拱著肩，說話慢條斯理。當時我不過是個小學生，而那個靦腆的專校男孩，如今也已是四十左右的中年男子。

「你……還記得我？」

「嗯。」小老闆點點頭。「從前你常和爸爸一起來看魚。」

「但那是好久以前的事了……」

他頓了頓，彷彿在忖度什麼，好一會，悠悠開口：「十七、八年前吧，有一天我到台北送貨，在街上等紅綠燈時，看見了你。」

「我想應該是你沒錯。那時你穿著黃衣黑裙，揹書包，低著頭慢慢走過馬路。怎麼說呢，」他凝起眼眸，款款陳述：「外表看上去和小時候差別不大，但感覺卻好像變了一個人。」

我感到微量電荷竄流過身體。這是第一次，聽聞別人描繪當時的自己。我腦中驀地浮想起十七歲的身影。那期間，大約就像一隻無時無刻弓緊肩背的刺蝟，我撐張針棘，斂藏胸腹，與外在世界扞格，令周遭的人望之畏戒，如此孤挺而尖硬地生存著。

那年夏天開始得早，也分外漫長，滾燙的燄陽日日瓢潑，灼得人眼皮都沒法撐開。兩週喪假結束，我揹起沉甸甸的書包，拖沓疲憊腳步，重返校園生活。

別在制服袖口那束粗麻布，像棲停手臂上的一蕊蛾，扁小，卻十分惹人側目。頭幾天，班上鴉默雀靜，沒人放聲嬉笑或喧譁，有時彼此錯身而過，連步履都顯得格外隱諱，但我依然可以感覺，那數十雙爍動的、鬼祟的瞳眸，宛如匿伏枝葉間細銳的鳥眼，在幽昧叢林中，兢兢翼翼透隨我的身影飄移。

某日我進到教室，如常低沉頭、拽著書包，穿過人群走向座位。靜肅的早自習時段，忽如一陣風掠過，原本專注的、伏拱的項背窸窸窣窣蠢動起來。坐定後，我掏出課本文具，探手抽屜，突地指尖被螫藏深處的什麼給螫了口。慢慢，我拖出一截噁怪的玩意。

那是用色紙摺製的長串紙鶴……。猶如擒拾一尾斑斕糾扭的蛇，我獃愣地坐著，頓時不知該如何處置，與自處。教室裡依舊一派靜默，偶爾傳來沙沙的翻書聲，我又感覺到那股赤烈光燄，箭矢般自四方投射來，倏地雙耳辣紅，渾身肌膚灼痛著。

從此，我的抽屜彷彿幽闇蟲穴，不時冒竄一些詭怪物品——繫上黃絲帶的小禮盒、疊成心型的香水信紙，以及蛆似不斷生衍出的字條（當然我從不曾展讀）。直到一個火燥的午後，我從座位上起身，在導師與同學注目下，捧著裝滿許願星星的玻璃罐（多麼像一顆顆鮮豔蟲卵），默默走向教室後，一股腦倒進紅色垃圾桶。那刻起，猶如魔咒破除，我的抽屜終於又回復寧靖。

往後，我幾乎不再開口說話，獨自穿遊校園間，攤開課本背讀，埋頭扒著便當，板起臉收發考卷，用長鐵夾清拾臭水溝的穢渣……，也鮮少有人再同我交往，課堂上，連老師都下意識迴避我的目光。那一整年，我就這麼一個人搭車、步行，趿拉著寂寥身影，蹭過壅塞的街道，雙眼空洞洞迷走在這座紛華又疏離的城市。

我眨眨眼，悠悠恍恍望著男人，一時竟錯以為眼前佇立的是往日那個精壯的、額頭竄出幾顆青春痘的大男孩。

「你倒沒怎麼變。」我微笑說。或許是長年待在水族館的緣故，他身上漫溢一股閑靜、溫純的氛圍，彷彿時光篩濾雜質後，在這裡慢慢地沉滯，與安頓。

「這家店現在由你接管了？」

「嗯。」他點點頭。「我原本在台北工作，但自從我媽走了以後，我爸就漸漸出現失智的情形，經常一天餵好幾頓飼料，連簡單的算數都不會了，沒辦法繼續工作，可他又十分固執，不肯收掉店鋪。後來我想了想，也覺得挺不捨，畢竟我爸耗費一輩子的心力和時間在這家店上，且這裡有和我媽共同的回憶，雖然大部分他已經遺忘了。」

「總之，我決定辭掉工作，回來接手水族館。」

「我能理解伯父的心情。」我說。這屋子承載了太多舊往，像是他賴以安身立命的一葉扁舟。當腦中暗潮來襲，一波波掏蝕、撼拔著記憶，那殘餘的影跡，成了淼漫大海上最後的浮木，若不緊緊攥牢，便會讓巨大的虛無給捲沒。在闃黑裡漂泊的他，一定覺得很寂寞吧……。

「不過現在生意大不如前了。」

吊掛於門頂的貝殼串鈴靜落落，紋風不動。我環顧四周。昏沌沌的水族館，看來黲淡冷清，好似世界斑剝的一角，遺落在荒僻海濱，只有玻璃箱裡七彩的魚悄沒聲逡游著，輕輕吐唾氣沫。

「因爲養魚的人越來越少了嗎？」

「大概是吧。」小老闆無奈地說。「現在很少人有這種雅致了。」

「畢竟照顧起來很費心啊。」我覷著缸裡的魚。「但話說回來，熱帶魚實在美得令人屏息。」

如今在台北街頭，傳統水族館幾乎隱跡，取而代之的是複合式寵物賣場，販售如紅蓮燈、孔雀魚等較易養殖的淡水魚，以及孩子們作興的兩棲爬蟲類，純粹迎合風潮或消遣。至於海水魚飼育，則是一門浩博又刁鑽的藝術，工序繁瑣超乎想像，那方巧緻天地，稱得上是個具體而微的生態，裝載著生命本質與奧義的小宇宙。

從前舊家客廳和前庭，分別擺設了一口長矩形的水族箱，鐵皮加蓋的後陽台，還有一座爸爸親手鋪砌、布列假山石橋的錦鯉池。每至週末，清閑的午後，爸爸總獨自拱佇魚缸前搬搬弄弄。有時他捲起袖管，一手探進缸裡，喬挪著珊瑚礁石；有時見他自缸內接出一條水管，分次抽換髒濁的水，再在新水中加入穩定劑或微生物製劑，反覆調校水質與溫度；到了年終大掃除，挖出缸底的貝殼砂及浪板，在水柱下淘洗，並將馬達、濾材拆卸，仔細清滌……。狹長格局的舊家，從前廳、迴廊以至廚房，因此一路飄沁著那股淡淡的、溼涼黏鹹的氣味。

沉斂寡言的爸爸，多半時候只是專注地勞動著。每日下工回家，盥洗後，他便留連水族箱前，打開燈照，像品鑑一幅畫似，靜靜閱覽缸裡流動的風景，用吸鐵刷來回刮拭苔垢，拈著魚網，小心搆取水中的殘餌和排泄物，然後旋開飼料罐，輕敲缸口。

我喜歡貼伏水族箱前，觀賞這一天兩次的餵食秀。覷著翠綠乾粒或粉橘薄片莎莎、莎莎滑落水中，緩緩沉墜。魚兒們抖地躥起，金燦燦的太陽寶石、斑斕的珍珠龍、雍容雅步的人字蝶、甩曳長長裙帶的燕尾仙……，紛紛鑽出礁洞岩縫，搖頭擺尾游上前，仰面噘嘴兒，啵滋、啵滋欣喜地嗦啖；覷著奇幻燈光下，玻璃櫥窗隱約映照一大一小凝注的、癡迷的臉，在那一小片海洋裡，無聲地晃漾。

然而，我總也無法忘懷某些瑰異如夢的場景。比方一天清早醒來，發現爸爸裹著睡袍佇立缸前，默然睇視。那時他已身形削瘦。客廳濛霧的光照下，水族箱裡懸浮著一隻魚。良久後，他探手打撈起那幾天前已失卻平衡、近乎翻船地在水中撼晃而終於反肚的魚（雖已投藥且隔離照料，仍回天乏術）。爸爸沒吭聲，臉上看不出表情，只將手中的網子遞交給正要出門的我。

我接過死魚。從角背和尾鰭蔓衍的粒狀白點，已玷染了整副魚體，且因掙扎而鱗片刮損或翻起。蠶食的、無法遏抑浸漸散擴的魚病。

我皺起眉頭，揹著書包、拎提魚網走出家門。泡了一夜海水的浮腫魚屍，發散陣陣濃烈腥臭。那原是一尾漂亮的、黑黃相間的角蝶，宛如一只飄流湛藍海洋裡的風箏，乘波盪颺，而今圓潤瞳仁變得灰涼溷濁，身上明豔的條紋暗褪，爬滿怵目驚心的斑疹。

外頭旭日初升，天清氣朗。我忽地有些調適不來，瞇覷眼，捏著鼻，緩緩走向路邊水溝蓋。晏陽投下串串耀眼光圈，溼漉漉的鱗片閃爍著芒澤，我蹲下身，反扣魚網，就著溝蓋縫輕敲幾下，那魚屍便撲通翻落水中，沒入褊狹的、不見天日的黑洞裡。

幽僻的水族館，各種蝦蟹螺貝、軟珊瑚和熱帶魚，靜靜泅曳澄淨妍暖的海水中，讓人不察覺時間的流逝，轉眼外頭天色已昏沉。屋裡沒掛鐘，我惦記獨自在家的玻麗，便起身告別。

「能再看到你很開心。」小老闆說。「就像遇見了老朋友。」

「我也是。」我微笑。「尤其看到這裡都沒變，像走進時光隧道。」

「下次再來玩。」

「一定。」

一個人佇候站牌下，約莫等了半個鐘頭，才見回程客運姍姍駛來。蜷縮在後排座位，沿著原路悠悠晃晃，與海邊漸行漸遠。夕陽潑染了半邊天，海平線上，迢遙的海那端霞光瀲灩，天頂，白雲像細細彎彎的魚鱗，也像水面泛起的小波紋，隨風漂移。車子顛攏過溫暖的月弧沙灘，我腦海中依舊不停漫游著，那一缸缸美輪美奐的婆娑倩影……。

完美的豢養世界。水族箱裡，造景、氣泵、濾掛、照明與控溫器都具足了，水溫恆常在和煦舒適的二十六～二十八℃，不虞匱乏，沒有天敵或暴風巨浪的溫室裡的魚，被一雙慈藹的上帝之手捧護著、覆罩著。聽說爸爸年輕時也曾瘋迷過模型，從前家中便擺放著一艘唯一還留存、封裝玻璃櫃裡的航空母艦，上頭乘載了等比縮小的各式戰機、砲台、雷達和發射器……。我得以想像，那時的他屏氣凝神，投注於創造的模樣——將一個個零件仔細裁剪下來，以銼刀及砂紙修邊，再用鑷子小心拼組、鑲黏，反覆補土塡縫，最後打磨噴漆，方才成就這巧緻肖眞的作品。

但不同之處在於，水族箱裡承載的是鮮活的海洋微縮世界，流動著生氣與靈性。在那專注神態之外，還有一雙清澈柔煦的眼神，默默眷注。

完美的，被豢養的世界。如此哀豔，一如死亡那般。

11 動物之家

從前的舊家公寓，約莫有七十坪之大，但因格局細狹曲折，總給人溼暗森魆的印象，像一口矩長的箱子，密不透風，罕見天日。不過，那樣幽閉奇詭的家屋，卻來來去去棲宿過許多嬌客，流光異色，迷離倘恍，影影綽綽地撲朔、晃曳其中，鼎盛時，就宛如一座小型動物園。

熱愛大自然的爸爸，不但是個蒔花種菜的綠手指——河堤下那一畝盛開著木瓜、萵苣和白玉米的田畦，前門吐綻幽香的金色桂花樹，後門高拔歧岔的芒果欉，以及鉤吊於陽台頂各種嬌貴的蝴蝶蘭盆栽……，他且在家中飼育過不計其數的動物。除了一池塘鱗光撲閃、體態腴美的錦鯉，水族箱內斑斕翠燦的熱帶魚，還有各類珍異鳥禽，兩條土狗和一窩白兔（耳濡目染下，我與哥哥們也自行餵養過天竺鼠、十姊妹、蝌蚪與巴西龜……），不論水裡悠游、天上飛旋或地面竄爬，包羅萬象，囂鬧非凡。

狗

其一便是走失的幼犬玻麗。終年四處移徙勞作的爸爸，偶爾會從不同工地裡，翻揀出被屋主扔置但仍堪使用的舊什貨。那鋼筋外露、砂塵紛揚的廢墟，興許在遷拆之際，遺落或堙埋了某些過往曾熠熠閃亮的寶物，比方古董手搖式縫紉機、結構完好的雙層卡通造型書桌、發條音樂盒，以及我生平唯一一隻穿著粉紅晚禮服的金髮芭比……。某天，爸爸甚至從棄物堆裡拎回一條灰頭土臉、才巴掌大的幼犬。

玻麗是隻黑得爍亮的小土狗，瘦皮猴樣，一對泡泡眼像掛著淚似終日溼津津的，才學步，走起路來還顛顛擺擺，初到時不但渾身跳蚤鑽竄，且腸胃不好，動不動就弓踞後腿、撅起小黑臀，啪塌漏瀉一地。

漸漸玻麗長壯了，開始喜愛走逛，東耙耙西嗅嗅。某天當大夥正收看棒球轉播，牠獨個晃到店門口，在騎樓沙包上滾耍，一不留神，竟就不見了蹤影。那日傍晚我們全家動員，翻街掏巷地搜尋，我一路哭哭啼啼，屈膝探向沿途每輛洞黑的車底，呼喚著玻麗。玻麗究竟是迷了路抑或被人抱走，不得而知，總之牠從此一去不返，等不及長大，便消失在闇默的馬路盡頭。

另一條則是長輩友人拾贈的茶色幼犬，模樣胖墩墩，不愛搭理人，成日懶洋洋，像顆絨毬老縮合在桌腳睏覺，晚上卻精神奕奕地踅來踱去。尚未取名，就因無暇照料，託予二舅，後來聽說牠夜夜哭嗥擾人清夢，又給輾轉送出，繼續牠流浪的命運。

關於和這兩條狗的短暫際會，我已印象斑駁，但不知為何，唯獨記得爸爸初次幫玻麗洗澡的場景。黑黑小小的玻麗，骨碌一雙無辜的、含淚的眼，渾身溼漉漉斂縮浴缸裡，爸緊握蓮蓬頭，生澀地抓扒著，一團軟糊糊的肉球在他粗糙大手下蠕來蹭去，白色水花碎濺。我站在一旁觀看，不自覺咧嘴傻笑。那是一條滑溜溜、噴吐溫熱血氣的生命，當時我們心裡都滿溢了惶恐和驚喜。

魚

在所飼養的動物中，鳥和魚類是大宗。舊家鐵皮加蓋的後陽台，那一窟爸爸親手鋪砌、閃動深褐亮面馬賽克的池塘，是錦鯉和少數吳郭魚共居的淡水世界。覆著玻璃纖維浪板的屋頂，滲透細濛濛的日照，塘坳裡，色澤純淨分明的紅白、點染黑墨的大正三色、嵌滿亮鉑的黃金，以及各種變化多端的緋鯉、綠鯉、羽白……，波流著幽異的七彩光影，那烙印魚身獨屬的花斑宛如胎記，爸皆能一一辨識，細數來歷。

以往，天冷或無暇去海邊的日子，有時爸爸會就近到堤岸下抓魚。晴朗的午後，他全副配備，一手拎著橘色水桶和大小魚撈，領著我，溯行滾滾河灣，搜尋隱蔽的草叢穴縫。只見他涉入水流中，輕輕撇撥石頭，屏氣凝神、眼明手快地舀動竿子，或是在河床搭設陷阱，以圍堵方式誘捕機敏如電光竄閃的魚。

我待在河邊，看顧著大水桶，盛接爸爸往岸上拋來一尾尾活蹦亂跳的石斑、溪哥或鱸鰻，欣羨他套著綠色塑膠連身雨褲，防滑膠鞋踩陷鬆軟泥砂中，半身浸浴冰涼的河水裡，好不暢快。爸，我也想要下去！一回我在上頭渴盼地喊道。

於是爸爸揹著我走了一段水路。溪流自底下潺湲而過，看似恬靜的河道遍布滑腳的苔垢與暗渦，我腿胯夾緊他的青蛙裝，一路晃晃盪盪，在寧和午日，發出聒刺聒刺的磨擦聲。爸小心步行於河床，並允諾我，向店家探詢是否有孩童尺寸的防水衣。後來雖沒找著，倒是給我帶回了一副僅六呎長的精巧手竿。

鳥

家中養鳥的時光並不挺長，卻十分燦耀。那是我（以及曾來做客的同學們）畢生見識過、難以忘懷的奇景——並非僅供賞玩逗遛的幾籠寵物，而是在鳥房裡振翅翻旋、撲騰的飛禽。當時我常幻想，爸爸就像馬戲團團長，肩膀神氣地傲立一隻大冠鷲，指麾著踩獨輪的猴子、走索的黑熊及跳火圈的獅子滿場競技那樣，馴育了形形色色的動物。

如今想來依舊不可思議，每天得早起開店、上工的爸爸，竟能一手打點如此龐雜細瑣的豢養工程（雖不全然並行，但多所重疊）。那雙幹粗活的灰裂的手似有卓異奇術，巧緻地模塑、組構自然百態，不但有微型的海底世界，還有縮小版森林。

舊家屋尾毗鄰陽台的那房間，曾讓爸爸給拆去了門牆，以鐵絲網做圍柵，改建成開放式鳥園，內裡並裝置樹藤造景，數十隻放養其中的鳥，白頭翁、綠繡眼、烏秋、虎皮鸚鵡、藍鵲……，或隨意盤踞地面啄食飼料，或嘰喳翻蹬枝條間。每每推開那矮窄鐵門，打亮房中柔黃的燈泡，眾鳥便嘩地驚遁，在頭頂一陣躥飛，瞬光捷影閃掠眼前，只見殘落的纖薄翎毛吹雪般漫天飄顫，遍地皆是彈雨轟炸過的屎白。

最令我記憶深刻的，是一隻折損了右翼的貓頭鷹。那應是當年冬季過境台灣時受傷的短耳鴞（事實上，我在鳥類圖鑑裡並未找到肖似品種），中等體形，約略三十公分高，圓扁的臉盤上嵌著一對蒼黃大眼和一鉤灰黑尖喙，身上則披覆斑駁樹皮樣、棕褐參差的被羽，成天縮著頸子，像個陰沉孤僻的小老頭，獨居在陽台的單人套房裡。

那鴞受創的肢翅微向外翻，如白紙給熨壓出一道摺痕，使牠看來挫減了些許銳氣。日裡，牠斂著內彎利趾，爪緊橫桿，一動不動（只偶爾抖搧頭頂細短的角羽），喑默地盯覷前方，彷彿偵防著或伺候著什麼（然而前方什麼也沒有），對食盒裡的開水和肉塊不屑一顧。晚上，那雙圓睜睜的黃瞳漆暗中愈顯銳亮，透射森涼夜光。牠依舊止靜籠中，像給釘住的活標本，也像一口懸掛牆頭的老鐘，偶爾才在夜半三更，咕零——咕零——，敲出規律而幽沉的鐘響。

我曾見識過一次爸爸捕鳥的情景。那時他拿來兩支竹篙，撐起一面黑色大網，插置菜園中央，以靜候粗心的鳥兒自投陷阱。可傍晚收網時，發現鉤掛上頭的鳥翅羽多易挫傷，此後，也就將網架束之高閣。

爸爸甚至還養過鴿子。某天，他不知打哪載回了三四具鴿籠（大概是被淘汰的種鴿），把後陽台給塞填飽和，更形擠迫。奇特的是，爸爸並不馴鴿，對賽鴿也從不感興致，他約莫只把體態勻實、翼膀柔亮的家鴿看作一般禽鳥餵養。但那似乎是噩夢的開端。半密閉箱式鴿籠裡，腴碩的鴿身挨肩疊背，不時瞠大眼，逃難似競相撲拍著羽翅，啪咑啪咑，爭頭鼓腦亟欲鑽蹭出來。地上散落玉米和燕麥碎渣，鐵籠底盤滿溢來不及清理的乾巴鴿糞，炎炎夏日，臭氣熏烝。

或許原由這番狼狽、跼蹐的景象，爸爸遂將家中的鳥陸續野放，歸返烈日高懸的藍天（至於那貓頭鷹，可能送人或交付了動保單位）。喧騰一時的鳥園重新砌磚、粉刷，如魔力退散，又回復成尋常無奇的房間。爸患病後，那一窟假山魚池也給打罄撈淨，像掏空的軀殼，曠廢的遊樂場，漸漸成爲雜貨與塵灰堆置的處所。日後我翻找舊物，偶爾還會在牆角夾縫，如沉沒的亞特蘭提斯所遺落的殘骸，拾獲泛黃的片鱗半羽。

至於河堤下，那塊綠意盎然的園圃，也因防洪改建工程，讓怪手夷作平地，灌築起堅挺如城壘般嶄新的水泥高牆。馬戲團吹起熄燈號，珍禽異獸給流逐遣散，篷蓋收捲，奇炫的聲影一盞一盞撳滅了，家中僅剩兩具水族箱，黲淡微光下，魚兒們遊夢似寂靜地泅泳著。

周邊設備拆撤後，爸爸在客廳和地下室擺起了麻將桌，以排遣憂悶，消磨多餘的時間，順道攢些場地與茶水費。每至週末，人聲嘈雜，通宵達旦搓牌吆喝，刷刺刷刺的聲浪如陣雨淹覆舊暗的公寓，漫室昏沉，濃嗆的白煙幽幽飄騰。一回，在眾人酣戰之際，忽然間滂地聲，擺放前庭的那口水族箱約是臨界壓力極限，竟自玻璃四邊矽利康接合處，嘩啦嘩啦爆洩開來。魟內的水順著樓梯奔淌至地下室，幾條流出的小魚在地面翻跳掙扎。那一晚，大夥便在一片鹹腥中，腳踝浸泡漂著絲狀穢物的海水裡，蹙著眉，繼續刷刺刷刺，天昏地暗地攪和著。

一切都在崩解的路上。就像曾經烜赫的古王國城邑，在時光沖盪下，雕梁畫柱一根根鬆搖，白色粉塵不時斑剝下，黃金歲月逐日暗褪、磨滅，終至繁華落盡。

爸最後投注的一項嗜好，是雅石蒐藏。在他養病期間（那時店鋪也已收掉），體能尚可時，偶爾會同三伯、四伯與四伯母組成一支探採隊，攜鐵鍬、畚箕和刷子，前往各地溪河尋寶（我也曾隨隊出征），豔日下，沿著岸邊採挖、翻揀形質俱佳的原石，合力搬抬回來。

那灰暗粗礪的璞石，初看毫不起眼，可經細琢後，卻變身一顆顆珍美的瑰寶——沁涼勻潤的西瓜石、黝亮古拙的黑膽石，以及層巒疊翠的海玫瑰……，石相千姿百態，靜靜杵立，彷彿都是一則隱喻、一種意境。

那段時日，常見爸爸穿著汗衫短褲，蹲踞家門口，背佝僂，雙腿兜著笨重的石頭，以砂輪機鉋平，研磨整型，再加水拋光圖紋和色澤。晃耀的日頭下，爸蟄伏廊簷暗影中，一整個下午，便這麼維持拋磨的姿態，彷彿也快化作一顆磐石。他的衣背汗溼，剃了平頭的髮看來仍有些稀疏，瘦臞的脊骨似能輕易拗斷……。我想起小時候，爸時常將我喚來，替他拔除頂上雜生的白髮，一根一塊，我總樂得像隻小猴在濃黑髮叢中拚命翻找。並想起那些懶怠的午日，負鼠樣軟塌塌扒掛他背上的時光。

多年後，當我也自那家屋撤離，才忽忽體會，自己亦是其中的一名宿客，生活在無虞無慮的水族箱中，被完美地豢養，以致身肢萎退，失能地漂游著。直到一日缸水乾涸，載體隳壞，生命變成一片荒涼。

偶爾，那流光異色仍會在午夜夢迴時驀地閃現，一如漫天殘落的翎毛吹雪，霎時迷濛了雙眼。

12 雪貓頭鷹

天空飄降絲絲細羽般的雪。我昂舉脖子，瞇隙眼，頂頭濃蔭遮天、白光燁燁。好一會，才驀地意識，自己正置身層密而聳峻的冷杉叢間（郵筒旁某種動物的細碎爪印引我而來），那片絕美得令人屏息的雪森林裡。

樹身高得驚人，棵棵拔地參天，肚圍碩壯，無法雙手攏抱，上頭灰褐色皮紋層層剝裂，宛如不斷增生、蛻脫的鱗片。樹冠結滿了冰晶，平行岔生的枝梗因積雪往下沉墜，針葉密緻地錯疊著，只隱約窺見被切割破碎的天空。

白漫漫的霧氣絲絹般浮繞群樹間，底部光線略暗，更顯陰寒冷肅。冰凍的巨杉狀似一支支巍然峙立的尖塔，指向虛空。樹叢邃密，四周一派淒濛、幽寂，好像一座因咒封而沉睡千年萬年的森林。

「有人嗎……？」明知徒勞，我仍試探地喊出聲。虛薄字句一如擲向湖心的石子，旋即被嗦入了林中深處。

風獵獵地穿過樹椏，抖開漫天飛霜，只聽見那一聲聲乾啞的嘶鳴如浪翻捲，在枝幹間傳盪著。

我手裡仍攥著那把破搖槳。這素淨的雪森林裡，除了層疊錯立的冷杉及凍掛其上綠絨樣的扁苔，再不見其他植物。我縮合肩，低頭鑽行，不時按捺著自腳底竄起的陣陣寒慄，小心攀過滑溜大石，跨越橫倒的斷木。我忽地發現，從切面紋路看來，我手中的槳應為同一木質所刨製，色淡黃而肌理密實。是它領我來到了這裡。

我繼續在森林中穿行，沙沙、沙沙地踩踏鬆軟的新雪，在上頭烙壓出一只一只鞋印。而不消多久，這輕淺的印子也將給填補，或拂散，好像我並未走過，不曾到來一樣。

就在行進間，我突然覷見，前方雪地浮晃著小小一灘銀水光。我走向前，撥開積雪，掏出堅硬的圓殼物品。是一只古董銀製音樂懷錶（我曾在鐘錶年鑑裡看過類似錶款，下方鏤空的機芯露出迷你音筒和音梳），上頭繫著鍊帶，玻璃罩有些磨損。

我搓拭錶殼。燙著羅馬數字刻度的白瓷面盤上，指針恰恰定錨在六點十五分。我看了看，試著旋動錶冠的龍頭，替發條上鍊，鬆放手，輕柔的樂音便嗒啦嗒啦流轉出。

是蕭邦的E大調第三號鋼琴練習曲，那首我幾乎夜夜聆聽入夢的床頭樂章……。

一如失落的記憶殘骸，這老式懷錶，令我瞬間溯回某些已停駐、休止的時刻。那時間長流夾刷而下、四處碎散的光石，倏忽如星團綴連起一道綿遠而爍亮的銀河帶，緩緩迴轉了開來……。首先，我眼前浮現人生中的第一支錶。

小學二年級，第二次月考，我莫名拿了全班第二名，獲頒一紙白色獎狀。那時，我甚至連月考是啥都搞不清（小一並無測驗）。家中開店，大人忙於生意的緣故，同街坊一狗票小孩撒野、滾耍長大的我，不曾被要求功課。那日放學，我領了獎狀回家，咚咚爬上閣樓，搖醒午休中的爸爸，向他獻寶。爸揉揉眼皮，讀完大喜，彷彿家中出了個狀元。他笑著挲挲我的頭，並允諾給我買一支手錶。

傍晚吃過飯，爸爸便帶我前去夜市的鐘錶行。窄暗店鋪裡，牆頭掛著各式鐘擺，滴答滴答轉，我在玻璃櫃前左瞧右望，滿眼璀璨晶亮。那是個時間密密匝匝堆集的房子，各種尺寸的鐘面小宇宙般各自盤旋，透散幽異鋒芒。躊躇了老半天，最後我挑上一只最光閃、售價近兩千元的金錶，戴上手，一路蹦跳回家。比你老爸的錶還貴，媽媽看了忍不住叨唸。

從此後，玩樂之餘，我開始考前努力抱佛腳。客廳那一整面白閃閃的牆（每張獎狀爸爸都拿去鄰街玻璃行鑲框，並接受老闆娘頭一個褒讚），似乎成了我們家唯一可向人展炫的成就，讓爸臉上熠熠生光。

高中聯招，我表現不如預期，僅考取第三志願。那時爸已在病中，一心想見我穿上墨綠色制服的他，只如往常靜默，什麼也沒說。註冊日，我領回嶄新、燦亮的黃衣黑裙，在房裡試穿起來，覺得也挺光耀，便若無其事來到客廳，走過爸面前。你看，我說，雙手撐開裙襬。爸凝睇著，很好看，他微笑讚許。我霎時定止，心底一黯，從那刻意揚起的、皺皺的嘴角讀出他深藏的落寞。

上了高一，因學校離家遠，每天清晨，爸爸摸黑起身，裹著睡袍，趕在六點十五分前（晚了就只剩站位），開車載我至戲院前，排隊等校車。我同三五個早起的學生各自捧著書本，在清冷的街上佇候，有時冬日天色昏濛，爸爸便停靠對街，直到目送我上車。那段時日，更競逐的環境裡，我倍加使力掙回一只只獎狀和勳章。

高二起，我開始獨自上學，在清早無人的街巷，攬著書包穿過瞌睡的路樹與森涼薄霧。高三那年，爲了儉省車時，我搬至學校附近，分租小雅房其中一張下鋪和書桌（三坪空間擠了三個女生），每天五點半起床，拎著臉盆至廁所盥洗，捏手捏腳扭開檯燈，開始一日的背讀。放學後，繞去便當店打包四十塊的飯菜湯水，回宿舍，躬坐書桌前用餐，洗完澡，繼續打開課本背讀，直到兩點熄燈就寢。

爬滿黃漬的白牆上，讀書計畫紅紅藍藍圈記著，除了第一志願，沒有第二選項。週末假期，大夥都打包行李回家了，我獨個窩踞靜蕩蕩的舊宿舍，一方窄迫木桌前，像乘著漂泊的舺，與大海拚搏，挨著痠麻的肩胛、腰骨，如此度過一年。

放榜日，返校領成績單。鬧紛紛的校園裡，我捏握那紙通知，當下提不起勇氣拆封，快步走回之前的宿舍，一個人縮蹲樓梯間，在晦暗中，抖顫手，喘著氣，一格、一格緩緩揭露開……。

回程公車上，八月盛夏，悶溽的車廂裡五味雜糅，人聲喧譁。我斂瑟座位上，撇轉頭，眺看窗外流離的招牌、街景，心底卻感覺無比荒涼，眼淚止不住撼晃而下。一切都不具任何意義了，一切。某個停靠站，有人按鈴下車，一名陪同女兒返校的男家長蹭行而過，突然探手輕拍我的肩。不要緊，明年再來，他柔聲說。

風滾滾襲來。存在的唯一理由已不再，我使命終了。可那片雲，車身顫顫在路上奔駛，我竟莫名軟怯起來，攥著成績單的手心微微汗溼，憂懼下一刻或許災厄降臨。第一次，我畏避死亡。

淒美的樂音休止，那股寒清又倏地襲逆而來。放眼望去，滂浩的純林裡，群木按某種次序交疊，繁複地布列。我越走越挫折，心底發慌，背脊涔出汗來。這曲折林徑，宛如武俠小說裡的桃花迷陣隨步履悄悄搬挪，令人眩暈，神志不禁晃悠起來，走了半天，似乎只是原地兜繞。我又感到一陣口乾唇燥。

忽然間，一道白光刷地閃掠眼前，割破冷冽的空氣，棲止於斷木。我定睛看。……是貓頭鷹！一隻活生生的白色貓頭鷹。

那鴞巍峨地佇立著，身上光燦燦，覆滿粹白翎羽，頂著顆渾圓雪亮的頭，像個白髮蒼蒼的老人，一對森黃大眼直盯盯覷著，瞬也不瞬，銳利，卻略顯滄桑。

「我們好像見過……」我心中暖熱。這是在雪世界遇見的唯一活物。

（回去吧！）雪貓頭鷹彷彿以腹語發聲。（你不該到這兒來。）

「這裡是哪裡？」我喘著白濛濛的水氣，追問：「是夢境，還是真實存在的地方？」

（這裡是「世界之末」。）牠抖抖細翹的尾羽，說：（在夢中，它是真實，在夢外，它便是幻境。）

「這地方，就是世界的盡頭嗎？」

（回去吧。）雪貓頭鷹像台監視器，大幅度扭轉頭。（曾經也有人來到這，但結果都是相同的。）

（沒有任何例外。）牠再次強調。（全是歷盡了千辛萬苦，最後卻不得不放棄哦。）

（當然，也有人因此無法順遂離開。那真是比無功而返還要糟糕一百倍的情況。）

「無法離開這裡？」

（嗯。就像是無法醒來的噩夢一樣。）

（總之，這不是你該來的地方。結束旅程吧！）

「我無法停止下來。」

（早知你會這麼說。）雪貓頭鷹揩著翼翅，闔眼冥想。（欸，死心眼眞是世上最愚蠢的事。）

牠睜開眼，又旋動頸子。（每個人都是一棵樹。你看看這些樹，就像睡著了似，將永恆扎根在這冰天雪地上。你知道「永恆」意謂著什麼嗎？）

我感覺喉頭一股寒滄，像一道流冰灌注，瞬間五臟六腑全給凍結，發出脆裂的聲響。同時下身竄起痲慄，一波波翻湧著，我不覺攥緊手中的槳和錶。

（我掉的錶。）雪貓頭鷹忽地說。（找了好久哇……）

我走上前，攤開手心。牠伸出黑而彎鉤的趾爪，掐取那只懷錶。

「它已經不會走了。」

（我知道。在這兒時間並不重要。）牠將錶搋進絨羽內。（我只是喜歡裡頭那首曲子。欸，門衛的工作也是挺無聊的。）

我探看四周。天色依舊一片白晃晃，這地方時間彷彿凝滯不前，毫無更遞。

「我該怎麼走出這座森林？」

（等你想走出去的時候，自然會找到路。）雪貓頭鷹撲拍著雙翼。

（你坐過摩天輪吧？）

（大自然自有祂的定律，是像那一樣周密、完美的結構哦。）

（所以，快回去吧！）牠綻開頎長而豐盈的白色飛羽，搧落細雪，在空中盤旋一圈，發出咕零——咕零——的鳴叫，倏地穿越層層枝葉，消融迷霧中。

雪森林又回復了寂靜。我腦中仍迴盪著貓頭鷹的啼聲。怎樣都無所謂了，我再度環顧四周層層密密的冷杉林，就算墮入永劫的黑洞裡。從另一層面看來，現今的我，也是一株宇宙最孤挺、最悍強的樹，這世上既無能撼搖我的惡風，也不再有足以擊潰我的災難。

我撢撢身上積雪，拄著槳，繼續慢步林間，如同伏案的光景，逐字逐句攀行、一遍一遍爬讀，那樣破釜沉舟。不知何時，絲絲細雪已結成一毬毬雪花，像鬆彈的棉絮，漫天飄捲⋯⋯。寒風鑽進了骨髓，我感覺體內僅存的血熱，沙漏般一點一滴流耗，眼皮也漸漸沉重，像兩盞即將燒盡的油燈，就快暗滅。

下腹又隱隱抽顫起來，一波波湧上心頭，越來越緊束、頻促。我偎靠著木槳，蹲跪下來。

13 氣象預報

陣陣麻慄中，我驀地顫醒。

身體像是一只蜷曲的蛹，裹著被巾，斂瑟床邊。下腹沉甸甸，鬱塞的悶痛感如浪潮撲襲，體內的小型海嘯，一波一波滾攪著。聽說有些重度痙攣，強烈宮縮時，可比生產的陣痛級數。臟器扭轉，盆腔全翻倒過來。那痛總僵持甚久，血熱卻淤而不發，只能默默吸納、承受，苦候來經。

高中時，我也曾歷經這般糾結。原本就痛經的我，那幾年變本加厲，每每週期將至，肚腹先是隱微發疼，筋肉不自主擒縮起來，不消多久，疼痛加劇，好比一隻粗魯的手使勁擰絞子宮，渾身開始冒冷汗，竄慄著，接續伴隨嚴重的上吐下瀉。

經常在課堂上，我彎捲身軀，伏靠桌面動彈不得，頭皮濡溼，眼前黑漆一團，只恍惚聽見講台傳來嗡嗡的麥克風聲。某次體育課，我甚至痛到近乎昏厥，雙腿癱軟，被同學協力扛去了保健室。我環抱熱水袋，或平躺白色病床，在拉起的布簾裡凝視著天花板，或屈膝側臥，待產樣，靜候苦難自身上輾過。可那痛後並不誕下什麼，一如掙扎脫蛹，卻未蛻化成美麗的、翩舞的蝴蝶。

然而，即便如此激劇，過去了，也就自身上剝離、泄出，變得遙遠抽象，再無從感應當下的一絲楚痛。

我輕手輕腳下床，拱著背，至廚房倒了大杯開水，從藥盒剝下一顆普拿疼，和水嚥進肚裡。約莫十五分鐘，神經傳導路徑就會被阻斷，像颱風天遭雷擊的電纜，疼痛便隱而不覺。大學時，我曾在半小時內陸續吞服三顆止痛錠，仍鎮不住那猛悍的暴潮，縮跪床頭殘喘著，現在則輕易許多，藥到痛除，只剩無礙的痠軟和悶脹感。

早上八點多，窗外天光清朗，卻不見烈陽露臉。天邊掛著一團白羽飄飛的卷雲，低而密實，風微微裙襬著，但有些悶沉，好似山雨欲來。一連兩個月酷熱的豔晴日，或許就要變天。

我按下遙控器，晨間新聞正播送氣象快訊。面無血色的男播報員比劃著衛星雲圖表示，位於菲律賓東方海面的熱帶性低氣壓已成形，目前中心呈滯留狀態，以龜速向北移進，且持續增強中，不排除在未來幾天發展爲颱風……。我又眺了眺陽台，只見天空碧藍謐靜。

玻麗醒來了，蹲坐床沿嗚咽，呼喚著我（床墊雖已直接鋪放地板，但基於眼盲的恐懼或嬌慣，玻麗常像個無助的小孩搖尾乞援，無分晝夜）。我將牠抱下，理被時，摸見床單沾染了小灘溼涼的黃漬。玻麗睡臉惺忪，歪歪倒倒沿著熟習路徑，嗅尋浴室裡的狗碗，啪嗒啪嗒舔水喝，踅至門邊，顫巍巍抬起腳，撒泡尿。

我拆下被巾、枕套，愣坐床邊。幼年的我也是如此磨人，膀胱軟弱一如鬆脫的出水閥，幾乎夜夜尿崩。我經常夢見在盡興玩耍時，突然尿意高漲，便鑽進廁所（或躲至大石後），急急褪去裡褲，跨蹲下來，同時間，一股透涼溼意自腿間竄起，乍醒來，才驚覺自己又尿了床。那床終年讓我給折騰霉爛，曬了又曬，大人卻不曾有半句責難。爲此，爸爸在我房裡擺了個塑膠尿壺，每夜，摸黑起床，將我抱至桶座上，待邊打盹的我小解後，再拎至浴室沖倒，直到四年級，這擾人的夜尿症才逐日康癒。

只是好景不常，小四那年，某個滂沱雨日，我同玩伴阿文無處可去，悶得發慌，兩人便趿著拖鞋，在店門前溼滑的磨石子走廊玩起溜冰，相互嬉逐、尖哨。隔天醒來，我癱躺床上無法動彈，左腿像螺絲掉了軟塌著，稍一挪移便痛入骨髓。

大腿與盆腔相銜的髖關節脫臼了。爸爸載我至附近國術館看診（那時醫療知識貧乏，只得由著無照的跌打損傷師傅擺布）。玻璃門貼著一塊大大狗皮膏藥的國術館，裡頭只放置一張木板床和幾把椅凳。我像隻待宰羔羊被眾人箝壓床上，任憑接骨師提起大腿，拗曲，使勁扭轉，喀啦喀啦推擠回骨盆裡。我痛得呼天搶地。一旁的爸爸撇過頭，沉默著，只用他粗糙的掌裏緊我的手。那半年，我不論幹啥都得要人攙抱，坐車、如廁、洗澡和穿衣……，每天一睜眼，便撒賴床上呼喚爸爸。

趁天氣尚好，我抱著髒衣物至陽台備洗，玻麗便蹲坐落地窗前，昂起鼻頭，睜著灰白眼瞳，靜靜守候。牠就像寂寞的、深怕落單的影子，成天緊黏屁股後，跟進跟出。我起身，牠隨即警醒；我進廁所，牠徘徊門口；我熄燈，玻麗也就翻躺臂彎中，咂咂嘴，安恬入夢……，一如繞著太陽打轉的小行星，時刻仰望著、偎隨著主人。

我也曾是百無聊賴的小跟班，爸爸無論上哪總將我隨身攜帶。回去不要跟哥哥說，他眨眨眼，我點點頭（回去想當然耳忍不住誇炫）。我常跟著爸爸上工，搬幾塊磚、攪和水泥及搓洗海綿，中午放飯，他便帶我到附近時髦的西餐廳，點一客奢侈的牛排吃；週末，一同去花市遊逛；元宵節上中山堂猜燈謎；國際牌家電特賣，父女倆擠蹭人群中，看穿著連身泳裝的阿姨在台上走晃（那應是最早的Show Girl）；選情之夜，一個聽著嘈雜的政見發表，一個嚼著香韌烤魷魚；某次眼科回診，診所沒開，爸爸索性方向盤一打，載著我像浪跡天涯似，轉繞去海邊看人釣魚……。

「要不是怕你孤單，我早就不想活了。」某個悶沉午日，爸躺臥床榻，瞪視著天花板說。我們之間從不言及愛，這是他對我最親暱的一次剖白。那時他體內漫擴的癌細胞，必定像鑿子一吋、一吋鑽蝕著臟腑，痛不欲生。我杵坐床畔，幾度想衝口說，爸，不要怕，我會陪你。但話至嘴邊，終究沒敢吐出。

丟失主體的影子，成了一片虛空幽魂，從此漫無目的飄晃著。那時的我，且十分具象地感覺到，腦中緊箍著一根鋼線，只消輕輕一彈，瞬即繃斷，神智潰散……。無數個黯夜，我爬起床，跪坐鏡子前，像羊那般靜靜反芻、仔細咀磨，再三叮囑鏡裡黯魆的身影，一定要牢記此刻的痛。

也約莫那時候，我發現鏡中的自己軀幹側偏，右肩突聳，不自然地傾斜著。應是反覆腿傷的緣故（前後接骨八次，始終未扳回原位，從此左腿稍長且微向內旋），導致脊梁失衡，左右牽掣，長期便扭結成S型。那脫位的環節，就這麼永遠錯移了，並在歪攲與矯正中，逐漸長成畸異身形，如一株盤曲糾葛的樹。

機器轟轉，衣物刷刷地滾攪。我澆了盆栽，進到室內，收拾擱置桌上的杯盤，放入水槽滌洗。水龍頭嘩啦啦奔洩，泡沫搓散開，水位卻緩緩漲高起來。管路塞住了，噎氣似勉強咕嚕兩聲。我拿著一支長柄刷，向那黑森的洞裡戳探幾下，再取來橡膠吸盤，反覆壓擠排水孔。水依舊淤滯，毫無消退，白沫靜靜飄懸。我甩甩手，怔望著。

爸，原來你早預知了一切。每當這時候，我便感覺自己又縮退成軟弱的孩提——馬桶滴漏不止，吸頂燈鎢絲燒毀；一個人打包裝箱，在陌生寓所使勁搬挪書櫃；漫步繁華街頭，坐在昏黃無人的公園裡；喜宴上，看新娘挽著父親的手自紅毯那端緩緩走來……，像靈魂給抽空了般，驀忽間，我真的，真的覺得好孤單哪。孤單得快不能呼吸。

玻麗踅至我腳邊，抖甩毛，頸上的吊鈴噹啷噹啷晃顫……。催夢的鈴聲徹夜迴繞屋裡，客廳燈火通明、熙來攘往，濃嗆的煙霧使人昏眩。那晚上，歷經長冗的守候（或曰等待），體力與心神的嚴苛挑戰，我像個傀儡，拖沓疲累腳步、輕飄的軀殼返回房裡，跨上床，蜷起手腳側躺著，還來不及思索，腦袋旋即斷了電，墜入漆暗中。冰冷的菜刀靜靜壓藏枕頭下。第一天，我便失了約。

隔日醒來，像是紛鬧的、七天七夜不眠不休的流水席，各種繁縟科儀輪番呈上。泰半是枯燥的誦經法事，《藥師寶懺》、《彌陀經》、《普門品》、《地藏菩薩本願功德經》……，一本接續一本，燠悶暑日，幾個黑袍師姐在師公帶領下，伴著銅鈴與哆哆木魚聲，如四倍速快轉的收音機喋喋不止。扁平僵冷的單音鑽入耳膜，嗡嗡鳴噪，吸水海綿般不停發脹，使腦袋變得沉重、遲滯，無法正常運轉。

幾隻蒼蠅在塑膠菜碗上盤繞。孝眷跪坐一旁跟拜，我拈著香，忍不住窺覷頭戴蓮花道冠的師公。他身上那襲道袍總是百般花俏冶豔，絳紅、寶藍、亮橘布面綴合白綢或紫緞，衣身繡滿圖飾，有時是熱鬧的八仙過海與十八羅漢，有時則是孔雀開屏加雙龍搶珠，或者太極八卦配花鳥靈獸仙鶴……，但大約是忙於趕場的緣故，袖口衣襬均可見斑斑汗漬，及一個個讓線香灼穿的焦黑的洞。

黃帛靈桌、西方三聖彩圖、金童玉女、紙蓮花、罐頭塔……，所有繽紛乖異的場面彷彿搭景唱戲，雜糅了神話、傳奇與夢境，拼造出虛浮的超現實氛圍，瑰麗，卻吐綻著腐穢之氣，包括西裝筆挺地躺在蓆墊上，身軀覆蓋錦緞，頭枕著厚厚一疊冥紙的爸爸。

我蹲踞一旁，往火盆裡丟送紙錢，一面盯著那雙露出被外、套著白襪的腳脖子，打量許久，趁無人注意，迅速探出食指，輕戳了一下。綿綿軟軟的。我有些困惑。黃色薄被印出爸頎長的輪廓，偌大的形體還實在著，那高挺鼻梁、邃深眼窩、寬厚的掌、瘦黃皮肉……，確實都是爸的，可不知爲何，眼前這副軀殼卻感覺很是陌生，少了一口溫熱血氣，瞬即變成橡膠道具般的屍體，違和地存在。

出殯前夕，行「圍庫錢」儀式。夜半時分，殯葬工在舊家河堤前架起一只圓形鐵網，網內小丘似堆疊一捆一捆冥幣，親友們一個銜連一個，牽罟般，拉起一條細長的紅棉繩佇立外圍，守禦著，以防其他亡魂掠劫。幾年前奶奶過世，同一地點也曾舉辦燒庫錢活動，聲勢更浩壯，三四十個子孫手牽手圈成一巨碩的圓，橫據了整條馬路，那時在我眼裡，無疑是救國團的營火晚會，鬧熱溫馨。

闃黑中，爍紅的火舌翻捲，煙霧熏天。魂幡如一株纖瘦蘆葦在夜風中舞曳，獵獵作響。師公搖著法鈴，繞行鐵網唸唱咒文，灑米酒助燃，送金銀入庫。灰燼颺起，在夜空中反倒燦白如雪，飄轉著。熱氣撲面，熊熊烈燄跳踉眼底，只見對向幽曖的人影在火光中浮沉、擺盪，那一絲紅棉線彷彿成了夜海中的警戒繩，將彼此箍繫著，不致被沖散、漂遠……。

告別式，家奠與公祭輪番上場，小規模西索米鑼鼓喧天。我披戴一身粗麻罩，同哥哥們頂著火豔日頭，並列著，聽從師公口令，在碎石子路面不斷地伏跪、叩首、起身，直到雙膝雙掌紅腫。賓客排隊瞻仰遺容後，便蓋棺封釘，抬柩上車，在鼓樂聲中，起靈，發引火葬場。

兩週漫長的喪期終於結束，孝服脫除，花籃、棚架收卸乾淨。那夜以繼日紛囂雜瑣的科儀，像砂紙一吋一吋把眼、耳、鼻、舌都挫磨得灰灰鈍鈍，面目模糊。再也提不起勁，再無任何慾念，包括生與死。歷經好一段時日，我才慢慢重新學習說話，分揀紅豆綠豆般組織句法，揣摩各種合宜的表情——聽見笑話時該笑、被冒犯則應發怒……，但這些都不具意義了，一切已崩解、隳壞，再無法拼組出原形。

撥了通電話給水電行，我回到房裡，開啟電腦，連上線，在搜尋頁面輸入阿文的名字。就如先前所嘗試，毫無斬獲，半個結果也沒有，連同名同姓都找不著。游標爍動著，彷彿阿文截至目前的人生事蹟闕如，一片空白，又或另一種可能，我盯著螢幕，惴惴地想，也許許久之前，他根本已不存在。

我躺回床鋪，斂捲手腳，一面靜靜等待，闔上眼，試圖捏塑那俊逸的五官輪廓。仍是一張淡薄的臉，在反覆推近拉遠時，迷焦似暈糊不清。時間是伸縮鏡頭，記憶則是光圈葉片，當時間的景深不斷放長，記憶之扇卻慢慢鏽蝕，再無法任意開闔，掌控適當的進光量。

一張張逐漸曝白的、隱褪的臉。一切終將被時光拋遠，痛也如是。月復一月，那激劇的戰慄也弛緩下來，現今有了止痛藥，更迅速抽脫。然而當你遺棄了痛，也就丟忘那痛的來由，相對的情感深度。我忽忽領悟，眞正令我痛苦的，已非痛苦本身。

在洗衣機的拋轉聲中，我摟著玻麗，昏昏沉沉、半睡半醒著。兩三個小時過去，終於，那積淤的悶脹感稍稍疏解，我感覺自體內洩出了一道暖流，在黮黯中，悄悄落下一滴殷紅。

14 亞特蘭提斯

趁颱風尚未到來，我去了趟水族館。

抵達時已近黃昏，水族館早早便點亮招牌。彎拗成「晶晶」二字的霓虹燈管緩緩流洩青翠綠光，看上去就像爍亮的大眼睛，眨呀眨地，瞬時讓這片獨佇偏僻漁村的店面溫暖了起來。

推開門，貝殼串鈴發出清脆的合奏。小老闆抬頭張望，臉上露出欣悅但並不訝異的表情。他正在清滌水族箱，橘色Polo衫捲至肩頭，一隻黝亮結實的臂膀探進缸中，攥著海綿使勁搓刷內壁。

濃郁而妍暖的腥澀味，如夏日海潮，總帶給我寧靜、安頓之感。魚箱上每一盞燈都撳亮了，綻放靛藍幽光，襯著昏曖的室內背景，顯得格外明豔照人。箱裡的魚，金燕子、黃翅雀、風車蝶、七星狐……，或翱旋，或輪轉蹦躍，皆拖曳絹長的寶藍流光，在水中輕款飄游。

「你來得正好，我有東西給你。」小老闆把手抹乾，從櫃檯底下取出一紙盒。我好奇地掀開盒蓋。是一隻手掌大、牛角麵包樣的雪白貝殼。

「是鳳凰螺，前幾天釣魚撿到的。」他扶扶眼鏡，說：「看到時，就直覺很適合送給你。」

「謝謝，非常美的貝殼。」罕見的粹白螺貝，不摻一絲雜色或瑕斑。小時候舊家也有各種殊形怪狀的貝殼，海兔螺、楊桃螺、鐘螺、星螺、海獅螺……，四處擺放，那是每年夏天自海邊撿回像郵戳般的紀念品，但後來不知都流落何方。

「想念海的時候，可以聽聽。」

我將貝殼湊近耳朵。小小的中空螺肚裡，嘩地——嘩地——響颼颼。我向他提起，從前大人們總說，把貝殼放在耳邊，就能聽見海。我也深信不疑。長大上了自然課才知道，那其實並非海潮，只是空氣振動發出的共鳴罷了。

「不過，確實是海的聲音哪。」我綻出笑容，說。閉上眼，海彷彿就近在咫尺。

這貝殼仍殘留一抹淡淡鹽氣。曾經它讓海水給充溢、盪滌，如今空落落的殼裡裝載的，是海的溫潤、海的氣味，海的吐納與聲息……，是貝殼關於海洋的所有記憶。

清完魚缸，小老闆自櫥櫃拿下兩罐飼料，橘色增豔薄片與綠色高蛋白顆粒。久違的、美妙的晚餐餵食秀，我想這便是此刻召引我到水族館來的誘餌吧。

他一個一個魚缸仔細餵給。圓綠的飼料莎莎墜落水中。我貼伏水族箱這頭，凝睇自岩洞礁縫蹭出的魚，如水彩畫筆涮過眼前，搖頭擺尾追覓著食物。一隻優雅的長吻蝶急急游上前，使勁搧動胸鰭，噘起小嘴，像某種射氣球或套圈圈的競技遊戲，啵滋、啵滋嗦啖著，我噗嗤笑了出來。迷濛幽光下，一串串雪白翻騰的氣沫裡，忽地我覷見水族箱那頭，一雙略帶笑意、小而黑亮的眼瞳在魚群中閃動，彷彿潛入了湛藍海底，隔著飄颺水草與柔絢的軟珊瑚，恬靜且溫暖地晃漾著。

背後人聲響起。我回頭，望見老闆從屋後房裡走出。闊別多年，昔日那個中壯年男子已成了白髮蒼顏的老人。他背佝僂，蹣跚地走向櫃檯，陷坐竹編搖椅中，好似乾掉的棗核，皺縮一團。

我點頭招呼。老闆打量著我，眼底霧茫茫，遲疑了一會，說：「小蕙你轉來囉……」

「爸，伊不是小蕙啦。」小老闆喊道。

「是失智。」他小聲解釋。「我媽過世後，就慢慢變這樣了。」

我第一次遇見阿茲海默症患者。那病的譯名總使我聯想到一座無比沉邃、幽靜，隱僻方隅的古老海洋。

「他的記憶很混亂，像壞掉的鐘，隨意停跳在某些時刻。有時他以爲我還在念書，有時根本不記得我，這兩年甚至把我媽也給忘了……。但奇特的是，他認得所有的魚。」小老闆苦笑。

「不知道那是什麼樣的世界？」我試著揣想。「只活在當下，沒有過去、沒有累積的那種人生。」

我腦中淹灌進大片藍黑色、幾近無光的深海。或許那裡有巨口魚、花火狀水母、半透明螺旋珊瑚、瓶形海綿群……之類稀罕古怪的千年物種，在闃黯中漂流。又或者除了一派死寂，什麼也沒有。

「其實記不得也好。過多的回憶是沉重的負擔。」

「你說得對。但我覺得，世上沒有比遺忘更悲哀的事了。」我淡淡地說。快樂或悲傷都不能被拋棄，那銜繫與串連使船體得以定錨。悲傷雖令人痛苦，仍得牢牢栓在身上，甚至反覆揩亮、修補。

「她是我太太。」小老闆忽然提起。那個喚作小蕙的女人，是他自學生時期交往的對象，也是初戀。婚後定居海邊小鎮，也許是生活乏趣，或照料病人的日子太煎熬，某個起大霧的清晨，她留下簡短信箋，拎著隨身行李離開家，從此不曾歸來。

「她不喜歡這裡的氣味，覺得自己好像給困在水族館裡了。」

「我大概能理解。人生常有種被什麼包圍，或困住的感覺。」

他睇著眼前的玻璃缸，好一會，說：「其實我也能理解。只是原以爲是一輩子不會離棄彼此的人了……」

我同樣望向缸裡泅泳的魚。牠們偶爾也會倦游，或本能性地渴慕大海吧……。原來，這才是他枯守水族館的眞正理由。

「不過聽說阿茲海默症會遺傳，」他又苦笑了一下，說：「所以或許有一天我也就淡忘這一切。」

僻靜的水族館，老闆楞睜眼，陷坐搖椅中，好似乘著一方小舟，漂浮在某個迢遠之境。他鬆皺的皮膚泛出點點褐斑，菌苔樣爬滿全身。不再流轉與汰換的生命，漸漸變成一缸死水，靜靜地腐壞、發臭。

那張漠然的臉，使我想起了東部之旅。那年夏天，我們沒去海邊，眼看焯爍的豔日慢慢消融，在我百般央求下，爸爸終於點頭，走一趟東部老家。那是他出生長成的地方，我明白他心底躊躇，便催促成行。

父女倆攜帶簡單行囊，誰也沒通知，搭上莒光號，沿著迤曲的海岸線往小島東隅前進。途中，炎陽將所有風景都打上一層眩目的光，田畦、白鷺鷥、檳榔樹、山崖與大海……，悠悠顛晃著，我們各自眺看窗外，不曾交談。列車嘩嘩穿過一個又一個時光甬道似邃黑的山洞，在明暗交替間，如一條夢中之河，漫漫溯向源頭。

抵達老家車站。小鎮簡樸如昔，安恬地沉浸日光中，風懶懶吹著，彷彿時間也過得格外輕緩。繞出票閘，無人的窳陋大廳，牆頭靜靜掛著一只白色圓鐘，爸歇坐那鐘下，自提袋翻出大罐寶特瓶，斟滿一杯濃濁的草藥湯，微蹙眉飲下，打包好，看看腳下那雙蠟過的黑皮鞋，又彎落腰，重新繫了鞋帶，才同我步出車站，往大伯家邁進。

大伯是台鐵退休站長（聽說爸年輕時因此駕駛過貨運火車）。沿著鐵道邊的石砌矮牆走，便可行抵一排鋪蓋黑魚鱗瓦屋頂與柏油木板牆的日式舊宿舍。斑駁的紅木門敞著，我同爸爸踏進那平房，前庭雜草叢生，木瓜樹青瓞纍纍，盤坐在墊高地板上套著汗衫的大伯，正弓起背讀報。

「咦，那轉來啦……」也許是太過意外，大伯一時反應不過來，自老花眼鏡上方怔怔瞅著。那短霎，他鬆贅的嘴頰微微抽顫了幾下。當時若沒有我跟在身後，我猜，他約莫以爲自己瞧見爸的魂魄歸來。

放下行李，喝口茶，兄弟寒暄了幾句。門外火車硿隆隆駛過，蔭涼的屋簷下，略揚起的微塵又緩緩沉澱下來。爸看看錶，說想上街走走，便穿上鞋，帶我出門。

站前大街依舊鬧熱，傳統壽桃禮餅鋪、古早味紅茶冰果室、占據騎樓轉角的豆漿店、櫥窗擺放半身假人的照相館……，數十年如一日，無絲毫更異。時近黃昏，通往市場的衢巷熙熙攘攘，各種氣味雜糅一塊，果香、奶酸、魚腥、雞屎臭、土氣與青草味……，悶熬了一下午。這是爸爸從前上學和遊耍的街路，我跟隨他的步履，在妍煦夕照下輕兜慢繞。行經一家五金雜貨行，爸忽地駐足，望了望，向店裡走去。

四處堆疊的水桶掃帚，吊掛天花板的大小鍋盆，像是日積月累的滯銷品，簡直快溢出門口，使店頭顯得十分矮擠晦暗。

「阿水嬸。」爸爸彎身向裡頭喊道。

一個梳包頭、穿花布衫褲的老嫗，彎駝背，曲蹲膝，邁著一雙外八的黑瘦腳丫，自琳琅的什貨堆裡緩緩走出。

「欲買啥？」她憨笑著，臉上布滿年輪。

爸頓了頓。「你袂記得我啦？我阿惠呀！」

「噯、噯。」阿水嬸只一逕傻笑、點頭，兩眼像荒漠般空茫。

「……欲買掃帚嗎？」一會她又問。

「無啦，來踅踅……」爸探探四周，然後輕拍她的肩膀，說：「那我來走啊，你愛保重！」

「欸啦、欸啦。」阿水嬸依舊笑呵呵，送我們至門口。

告別雜貨行，爸爸繼續漫步街頭。夕陽像融化的月見冰，溢開了一灘暈黃，街上稍稍沉靜下來，我們走到位於巷口的中藥鋪，門楣懸掛著一塊「慶生堂」老匾額，門後，巨型百寶盒似的抽屜藥櫃上，井然羅列著三層白瓷罐子，內裡光線昏暗。爸瞇起眼，佇立大街遠眺。

一個中廣身材、圓頂禿的男人自店裡快步走出。他戴著厚框眼鏡，相貌敦厚，年紀與爸爸相仿，我想那應是街坊玩伴或小學同學之類。

男人微腆著肚腩，豐腴的雙掌交握其上，日頭下，額角不停竄出汗。他看來同爸爸一般沉默。我記不起他們對談的內容，或許什麼具體的話題也沒涉及，多數時間，兩個大男人只是站在街頭面面相覷，或望向一旁的水泥地。那簡略的一問一答間，拖沓著長冗而乾澀的空白。

幾分鐘過去，爸向男人點點頭，拍摟我的背，示意離去。男人送我們至巷口，橘黃落日偏斜著，拉出兩條細長的人影，道別時，他表情有些遲疑，欲言又止。我想他應該聽說或望出爸的病容吧，但始終沒問起。

「走，吃冰去。」爸自顧自說。離開慶生堂，他不再探訪鄰居，帶我岔入了小徑，背向那黏鹹雜遝的老街，緩緩往糖廠的方向走去。

旅程次日，在遠房親戚招待下，我和爸爸乘坐汽艇遊湖，並前往一處私人魚塭，垂釣了一下午。天有些陰沉，魚塭周邊靜默默，只聽得池中兩座木造小水車啪嗒啪嗒不停輪轉，水花碎濺。爸的水桶裡幾乎一無所獲，我卻莫名拽起一尾滑溜的大黑鰻，成爲當晚餐桌上的佳餚。再隔日，同三伯、四伯和四伯母去溪邊撿石頭，傍晚就打包行囊，搭夜車北上。

短短三天，旅行便結束了，那是爸最後一次返鄉，也是他所度過最末一個夏天。

回程火車上，我們依舊無語，兩張木然的倦容隱約疊映在夜海般黑闃冰涼的窗玻璃上，那一刻，我突然有些動搖，自己是否太過一廂情願，錯下了決定……。

聽完小老闆的敘述，我約略告訴他關於旅程的事。那像是鮭魚縱躍激流，憑藉嗅覺記憶，吮啖沿途的氣沫與水溫，以覓尋幼時出海口及千里之外的母河般，一趟回溯的、卻充滿未知的旅行。

「所以，你的下一站是海邊？」

「嗯，海在我的成長過程裡有十分特殊的意義。它的浩漫與深邃充滿了神祕的吸引力。那滾滾浪潮，還有揮之不去的氣味，不時召喚著我。我一直覺得，在碧藍海面下，應該有什麼靜靜沉在底處，長久被溫暖的海水包覆著……」

「一艘沉沒的鐵殼船？」他舉例。

「或許是一整座小島。好像消失的亞特蘭提斯那樣。」

我想像，在萬哩深的幽寂海底，曾經烜赫的亞特蘭提斯——那個神殿聳峙著黃金圓柱和白銀圍牆、宮廷嵌滿寶石壁畫與象牙雕飾，擁有巨石牆城邑、環型運河及紛華港埠的王國，隨島嶼一起崩塌後，便那樣年深日久地湮滯著，殘斷的牆柱結滿了貝殼、藤壺和海泥硬塊，在闃黯中沉眠，宛如一座龐巨的古墳場。

「我們丟忘的遠比想像多更多，說不定像島一般大。」那座古墳場正是藏埋時光的所在，一個失落的、隱褪的世界。

「不再記得時，就等同那些過往不曾存在。像海浪沖刷沙灘，或風吹走落葉一樣，讓人覺得悵惘和沮喪。」我說。

「好比亞特蘭提斯，至今沒有確切的遺跡足以佐證它的存在，拼湊出部分實質樣貌，人們心裡便認定它終究只是淒美的傳說，那些碧麗堂皇的宮殿就像海市蜃樓，不過是虛幻的景象。」

一座陸沉中的過去……。當世界僅剩我一人獨擁著某些情感記憶，而它們正一吋一吋坍陷，像瓦礫般剝落，偶爾午夜夢迴，自己也不禁要感到惶惑，那些是否眞實發生過？或只是潛意識所編纂的故事？

他始終像隻沉默的魚，靜靜聽我叨絮。

「跟別人說這些實在很奇怪啊。」我突然覺得有些唐突，乾澀地笑了笑。緊摅著那情懷的自己，有一天，終將變成一個孤僻而偏執的老人，陷入某種架空的、既荒誕又荒涼的情境裡，違和地存在吧。

「你眞的覺得會有那樣的地方嗎？」小老闆推推眼鏡，說：「一座無形的，或形而上的記憶之島。」他黑亮的眼底宛如深而謐靜的潭水，晃漾淡淡幽光。

「我也不確定……」我低頭俯瞰著水族箱。「只知道，那是我心底最後的希望所在。」

夕陽消融殆盡，溼暗的水族館，一落落玻璃缸體顯得愈發燦亮，頂部的藍燈穿透澄澈海水，篩濾出細密的、仿照大自然由日光遞減至微光的漸層帶，翠綠的羽毛藻與繽紛海葵搖豔著，魚群無聲地吐納，黏鹹的海潮味充盈四周，此刻，有如夜晚漸漸浸染白晝，這裡幾乎已更替成海底世界的一部分。

老闆仍呆坐竹椅上，失神盯著玻璃門，彷彿試圖從腦海那團纏捲的時間中，翻找出線頭。迷霧的雙眼有些苦惱又有些空洞，像等候著什麼，卻記不起究竟在等候什麼。

我忽地想起，每回到水族館來，除了自己，不曾遇見上門的客人，一個也沒有。我腦中不禁閃過某個奇異念頭——這是一間眞實存在的水族館嗎？抑或我推開一扇扇沉重的門，以為自己終於走出了迷境，其實只是走進另一場更栩栩如生的夢裡？

隱匿海角一隅的水族館，讓我聯想到浦島太郎的故事。這地方一如那美輪美奐的龍宮（入夜後，穿游水草間的熱帶魚便化作窈娜舞姬，蝦兵蟹將執戟巡防……），不覺年歲地沉滯海底，彷彿小老闆一走出水族館，瞬即變得滿頭花髮，而老闆則衰塌成更老、更頹垂的白叟了。

「我記得你從前黑黑瘦瘦的。」眼前依然精壯的小老闆突然提起。

「因爲你見到我的時候都是夏天哪。」我自幻想中甦醒，笑著說。「每年暑假我們一定會去海邊好幾次，總曬到脫好幾層皮呢。」

「嗯。」他若有所思，望向玻璃門外的天空。「等颱風過去，我們到海邊走走吧。」他喃喃說。

在天色尚未漆暗前，我趕搭最末一班客運返回市區。臨去前，我走出水族館，步行一段路，又回頭眺了眺。那雙高掛屋頂的翠燦大眼，在夜空眨呀眨，暖暖地俯瞰著我，波光流曳的藍色水族館看上去就像一座孤島，獨佇荒涼海邊。我驀地有種錯覺，彷彿自己來到了某個迢遠邊境，而這裡，或許將通往世界的盡頭……。

15 海邊假期

每年暑期，我們全家總不畏炎酷與辛勞驅車前往海邊，一如歐洲拮据家庭的例行度假，雖然未曾飛離小島，但無論如何都得排除萬難，風塵僕僕駛抵那極致的、臨界自由的海岸線。某種近乎朝聖的儀式。假使那年沒去海邊，無疑是愁慘暗澹的夏天。

盛夏時節，當魚兒咬鉤的大潮汛到來，爸爸便開著藍色敞篷小發財，車後琳琅地裝載了水桶釣竿、烤肉用具、塞滿食材飲料的手提冰箱、大洋傘和海灘椅……，沿著綿池縣道，哐鐺哐鐺往海的方向奔馳。我同哥哥們亦蹲擠車廂，頂著日頭嗑著風沙，一路嬉鬧，待玩興消減、體力耗盡，便挨靠車頭後，昏昏沉沉晃搖至目的地。

人聲喧譁的海邊，熱浪翻攪，貝殼砂地上疊印沓雜的足跡。小販扯開破鑼嗓，叫賣著，Q彈水滑的石花凍、冰鎮酸梅湯、大小魚撈、香氣噴竄的烤魷魚和烤香腸……。蔭涼的天然岩洞下，爸爸撐開大傘，媽媽架起烤肉網，報紙食器鋪攤開，扎出簡易的營地。一切就緒後，爸爸便揹起釣具、拎著水桶，獨自往海岬走去，穿過遠處的白色拱橋，在破出海面的大礁岩上，與其他釣客凝佇岸頭，拋竿垂釣。

我和哥哥們則踩著拖鞋，高舉魚網，東奔西繞，跳棋似在一顆顆石頭上嬉逐、蹬躍，覓尋魚蝦匯聚的淺水窪，撈捕小型熱帶魚、拉提琴的招潮蟹或跳探戈的機械蝦。棲伏石縫間黑魆扁醜的海蟑螂窣窣驚竄，嚇得我砯砰跳腳（不知為何，日後這景象偶然會迸出腦海，冷不防炸開某些隱匿暗處的童年記憶），有些礁石覆滿溼滑綠藻，稍閃神便要摔個屁股開花。每回自海邊歸來，總免不了帶回幾個讓藤壺粗殼刮破的創痕，和皺蛻的紅皮膚一樣，作為那年假期的紀念品。

吃完烤肉和水果，灌下大杯媽媽自製、甘甜透心涼的冬瓜茶，午後小憩時刻，我便攀上突聳的石礁，盤坐著，一個人靜靜眺看大海。爸爸填飽肚子，又返回岸邊繼續垂釣。遠遠望去，數名穿著口袋背心的釣友錯落大磯巖上，各自握提竿具，盯著前方浮標，靜待魚兒上鉤。我常揣想，那沉底的線索及浮水暗示，究竟還鉤連著海洋深處神祕的什麼，讓他們個個中魔般鎚釘岸頭，無懼毒熱與狂浪，如此著迷，陷溺其中。

瑩白浪舌拱起，一波高過一波，猛地往岸上拍襲，刨濺漫天雪沫，好似快將他們吞捲進海中。金爍爍的豔陽下，那些讓巨浪掩罩的身影顯得格外纖弱、渺小，顫悠悠，在狷風中像忽微的燚苗搖曳著，彷彿隨時都可能給撲熄……。那畫面總令我內心隱隱惴慄不安。

當白泠泠的潮水漸退，橘暖夕照潑染了遠方海面，喧囂的人聲也不知不覺消散風中。收卸傘篷器具，打包上車後，爸爸便拎著灰頭土臉的我們至附近廟宇，接免費自來水擦涼、洗腳，把沾粘拖鞋與趾間的海砂給沖滌乾淨。假期結束前，必得央著爸爸前去路邊小攤，外帶我最愛的燒酒螺回家。鐵勺沙沙鏟起黑閃閃和著蒜末辣椒的螺貝，彷彿連同暖陽、浪花、風中夾帶的細砂……，各種香鹹辛澀的海味全吸附其中。回程路上，與哥哥們愜意地箕坐車後，人手一包，乘著沁爽晚風，唧唧嗦啖，吮指回味。那是海邊假期的完美句點。

除了暑夏，偶爾節日也會安排海邊烤肉行程。我頂記得某年中秋，爸爸同好友相約，一行人開著三台車浩浩蕩蕩來到海邊。晚上在清朗月色下，嗑完月餅柚子，其中一友人便掀啟他的貨車廂門，攤展桌椅，打亮燈照，擺開了一席痲將，就這麼在鬆軟的砂地上，吹著黏鹹海風，伴著陣陣浪潮，唰啦、唰啦地搓牌吆喝。

然而最令我印象深刻的，是一場發生於海邊的車禍。某次歸程，行駛在濱海公路，途中車流回堵，整個路段糾結一團，動彈不得。大概是車禍吧……。爸爸握著方向盤喃喃。天已一片黑糊，梗塞路上的泰半是出遊返家的小客車，在龜速滑行中，驀地，那事故現場緩緩逼近，雙邊車潮如遇逢孤島自動岔流開，眼前的景象逐漸放大、清晰——身材微胖的男子與一男孩橫躺中央線道，男子仰臥血泊中，身軀像跳蝦不停抽顫，男孩則趴伏地面，動也不動，一個女人抱著襁褓中的嬰孩跪坐路旁，低頭啜泣。前方，歪倒著一台破爛的野狼機車。

異常寧靜的夜，無聲地漫流著。救護車尚未趕到（恐怕也擠不進來），那女人不知哭了多久，只剩肩膀疲弱地播縮。不要看。媽媽告誡說。天空微微飄起雨來，那時家裡已買了第一部房車，我在車後貼著玻璃窗，忍不住張嘴睇視。一盞盞刺亮的車頭燈自他們身上閃過，映照出地面破脆的車體殘骸、殷紅血漬，以及細細簇簇針尖般的雨，我楞坐靜肅車內，第一次如此迫臨死亡，也第一次懵懂地體會，什麼是殘酷。

生命中，無數蟄藏意識底層的幽微暗影，有些像密麻麻四處驚竄的海蟑螂，總在莫名時刻窣地蹭出大腦隙罅，有些則緊緊嵌附，如堅硬的藤壺底質，一再刮磨著記憶。

16

颱風夜

颱風登陸。

午夜時分，窗外開始稀里嘩啦降下驟雨。不多久，雨勢轉強，變成一粒粒冰晶似啪嗒啪嗒摔跌雨遮上。整個小島瞬時溽氣高漲，悶騰騰，網罩在暴風圈中。

我自床上起身，走向陽台，貼著已鎖上的落地窗往外眺。早上還是酷熱的豔陽天呢……。這個慢慢成形、在海上吸足水氣的強颱，結構如鳥巢縝密扎實，蓄積了十分可觀的能量，隔著玻璃仍聽得見風雨颯沓。窗外黑濛濛一片，巷口路燈微暈，雨像鋒利的刀片斜切著，路樹幾近拗折了腰。對街，電線桿給斫斷的半截纜線隨風甩曳，一塊方形店招崩落，在地上哐噹翻滾，停靠路旁的小貨車也擋不住狂風，緩緩飄挪著。

此刻若行走路上，肯定像鋁罐般給輕易捲走吧。突然間，客廳啪地聲，冰箱馬達中止運轉，同時刻，樓下路燈也滅熄了。世界彷彿煞停的巨輪，倏忽陷入全然漆暗中。半點光也沒有。我眼前一陣黑眩。

魆靜裡，我像個盲者拖沓腳步，摸索地探向廚房，從置物櫃取出手電筒，打亮，在屋裡穿巡。整個屋子讓鋪天蓋地的黑給充填，濃霧般溼黏沉滯、不斷擴脹的黑。那熒白光束，宛如夜海中一盞漂搖的燈炬微弱地閃晃。我翻出火柴，點上幾顆圓餅蠟燭。一撮白煙竄起，焰硝的香氣在鼻間迸散，橘紅火光嚓地劃開時，霧黑中，影影綽綽，我彷彿覷見一雙撲爍的、暖熠的眼……。

從前舊家河堤旁，比鄰著一條小溪般迆長的排水溝。頂頭無遮蓋，幅寬約莫一米半，每隔幾步路便砌有僅容通行的橫向走道，供清圳之用。溝底一團黑稠，臭烘烘的汙水和淤泥看來平靜卻深不可測。哥哥們和街坊小孩經常在便道間橫行、躥跳，可我始終不敢踩踏上頭，總站在一旁怯虛虛地傻笑，畏戒，又忍不住抻長脖子眺探，直覺那穢暗水溝，微微翻蠕著的黑泥，彷彿會將人吞噬於無形。

每逢夏季颱風來襲，河川一夕暴漲，漫過菜圃，加上來不及疏洩的大雨，滂沱的水便自溝渠湧出，四處橫流。水淹及膝，舊家門口堆起沙袋和木板，抽水機鎮日咑咑地抖顫。雨密麻麻下著，幾乎探不見前方的路，一上午，爸爸套著青蛙裝在雨中穿巡，用長鐵勺清理圳溝。無所事事的颱風天，我同哥哥擠蹭門後，觀看外頭奔竄的、混著爛泥和穢渣的洪水，眼巴巴瞅望鄰居小孩穿雨衣坐在橡皮艇中，讓大人拖行而過。一回我跨騎沙包頂，放紙船，撈水玩，腳上的小紅拖鞋驀地滑脫，乘著濁水盪晃，捲進一窋小龍捲風似的水渦裡，團團打轉，漸流漸遠，哥哥們驚呼、訕笑著，我楞睜眼，只感覺心底空落落，那一瞬，彷彿有重要的什麼也悠然漂離，從此無蹤。

除了源源冒竄、淤滯不退的水，從前颱風夜裡，總也免不了遭遇大停電。雖在意料中，但電力系統不知何時如風箏颼地綳脫，世界無預警陷落黑暗期，那一刻降臨，依舊要令人嗟呼，悵然不已。

悄魆的屋宇，像一艘失去動力的船舺，截斷與外界聯繫，在夜海上獨自波流。電器設備全停擺了，敞開的冰箱門，寒霜逐漸消融、散洩，黑漫漫的水族箱裡，魚兒們止靜礁石間，輕緩地翕動鰓蓋。沒有八點檔，也沒有聲光四射的鑽石舞台，風雨中，一家口摸黑扒著飯菜，如逢海難簡省地消耗存糧，飽餐後，圍繞客廳茶几，守在茲茲作響的收音機旁，搖著大蒲扇，就著昏黃燭光，百無聊賴下起象棋，抽鬼牌撿紅點，打發那猶如給吸捲進黑洞般格外幽寂、沉冗的時間。

燭影顫曳，爸黑黝的臉上，一對邃深瞳眸也暖暖燒燃著，宛如自迢遠宇宙投遞來的幽微星光，夜霧中，沉默地凝睇，指引並定位迷航的船隻。在那巍然的垂照下，一家大小坐困但靜心地度過漫漫長夜，等待黎明再次降臨。

窗外雨聲作響，如小顆彈珠劈里啪啦射彈下。那像是殘影般晃搖的記憶，在暗黑中短暫佇留，便隨滅熄的硝燄飄逝無蹤。茶几散落幾根焦黑捲曲的火柴棒，我坐在闃寂的客廳，感覺身體被無形卻濃密的黑霧團團包裹，軋擠著呼吸。

玻麗咯噠咯噠走出房間，朦朧的身影蹭著壁面窣窣吸嗅，太空漫步般僵直腳，戒慎地扒行。近日來，牠時常一頭鑽入角落，牛似牴著邊牆無法抽退，或者在原地團團打圈，兜繞不出，轉累了，便睜著灰濁的眼，向著蒼白壁面與虛空中的某一點岔岔踢蹬、低吼，看上去就像置身另一遙遠無光的星球，或一只密封的黑色玻璃瓶，在那永夜的世界裡，孤自摸索，無聲地嗥吠。

黯默裡，我愈發覺得所有事物都在一點、一點消褪，隱遁漆暗中。先是眼底逐日磨損的光度與色澤，空氣給慢慢抽乾的音波，然後是刮薄的餘味，流散的氣息，以及越來越冰涼、疲鈍的感受。到最末，生命便以雪崩的速度與形式，大塊、大塊塌瀉而去，讓人措手不及……。

爸爸就蜷臥鐵柵圍起的床上，我有些困惑，身材頎長的他如何塞擠進那窄迫空間裡。他包著紙尿褲，肚腹鼓脹，斂捲的四肢黑瘦乾巴，像一隻縮水的、退化的猴子，半張嘴，眼窩凹陷成窟窿（不知怎地就走到這步田地）。我拿著沾水的棉花棒，定時塗搽那燥裂翻捲的唇皮。穿戳身體各個孔竅的粗細塑膠管，將他團團纏繞，手腳且被彈性膠帶捆綁柵欄上，焦皺的腕臂布滿針孔烏青。昏睡中的爸爸不時下意識伸手抓撓，卻像讓繩索緊緊椿釘的格列佛，動彈不得。他定是獨個漂流至某個迢遠、或許還下著雪的陌生國度了吧……，凝睇他沉睡的臉，我不禁揣想。

寧靜的夜（誰也不曉得那是回家前的最後一晚），因白天情況異常好轉，爸爸甚至坐起身，喝下半碗粥，於是大人回去補眠了，只剩我和哥哥留守醫院。夜半時分，一如颱風眼那般祥和的片刻，爸忽然躁動起來，用細如蚊蚋的音量喊了聲，痛。我從躺椅上彈起，繞著幽魅無人迷宮似的迴廊，快步走至護理站，喘噓噓請求值班護士在點滴瓶裡注入嗎啡。已經過量，不能再加囉。櫃檯裡，年長的護士像不願再讓我賒帳的雜貨店老闆娘那樣斜睨眼說。我茫然地走回病房，正憂愁該如何向爸開口，發現他又微張著嘴，沉沉睏去。

幾個小時過去，癱躺床上的爸爸看來不甚舒適，五官輕輕抽扭，彷彿肌膚毛穴有成千上萬的蟲子鑽齧著。我佇立床邊，忡忡端詳，爸驀地睜開眼，瞅望我，眉頭微蹙。想吐嗎？我直覺地問。爸雙眼略滲出水光，流露幾許寬慰。我迅即抽出床底下的臉盆，湊至他面前，同哥哥將他扶起。幾乎分秒不差，爸立即綻開嘴，上身攣搐起來。就在我有些自得那緊密無間的默契時，隨即瞥見，自爸體內逆出如噴泉般的嘔穢物，是一灘又一灘紅豔豔的血。

一股腥臭嗆鼻。我捧住沉甸甸的臉盆，怔望著，耳膜嗡嗡地響。護士喀喇喀喇推來監測心跳及血壓的大型機具，掀起爸的上衣黏附貼片，那件褪色的海藍條紋院服，噴染了點點血漬。披著白袍匆匆趕來的年輕住院醫師，瀏覽了病歷，打亮小手電筒，用大拇指翻看爸的下眼瞼，又拿起病歷板刷刷填寫。等天亮，差不多就可以準備回家了……。他轉著手上銀閃閃的錶說。

大吐血後，爸便昏陷彌留狀態。靜肅的夜裡，我端坐病床邊，覷著環繞四周泛黃而冰冷的白色方塊磁磚，傾側耳，諦聽偶爾自那枯井般的咽喉傳來斷斷痰阻音，以及一旁偌大的儀器，綠色屏幕上，爍白光點宛如連綿的雨滴答答、答答平靜地閃跳，流洩而去，感覺病房裡，霉黑的磁磚隙縫好似也滲出水，溽溼了起來……。

玻麗踮著腳在客廳踅繞。牠似乎也嗅著不尋常的氛圍，那比平日更深濃、沉悶的黑，不安地用前爪使勁刮耙牆角，欲刨出個洞來。我將牠抱起，輕聲安撫，牠踢蹬四肢掙扎。我發現，有時玻麗似乎不認得我，像看待生人那樣淡漠，或拱聳肩戒備著。某些極罕有、彷彿自鬆動的現實隙罅迸出的奇異片刻，我發覺自己竟也認不得牠。為此我經常蹲踞床沿，凝睇玻麗酣睡的臉，許久，仔細勾摹那圓潤的額骨、塌軟鼻頭、黑皺眼瞼，以及兩旁溼黏的粉紅色淚溝……，卻像隔著一層膜，怎麼也無法烙印眼底。

十七年朝夕相依，在那迷恍的瞬間，所有緊密繫連與深厚壘砌，堤岸一般的堅實臂膀，如逢劇烈撼搖的大地震，全鬆垮坍瀉了，沉陷幽黯海底，變成兩座遙望的島。

我攬著玻麗，攏聚那越來越糊散、灰黯，幾乎要化作烏有的形體，貼附胸口，觸覺牠的溫熱與規則的搏動。據說動物瀕死前會獨自離去，刨掘隱密穴洞，縮藏起來。我腦海裡經常浮現，後來爸宛如貓似森黃的眼，在闃暗中泛射幽冷的光，眈注著四周，那深處，好似銜連了一條極邃黑、不知通達何處的坑道，而爸就靜靜蟄藏最嘆寂的終端，孤自隳壞著。

後來，河堤前的圳溝也給封填了起來，軋成平坦的水泥地，但那黑稠腥臭的穢水，仍舊會在地底某處繼續積沉、翻蠕吧……。

風雨漸歇，陰晦的天空暫且沉靜下來。玻麗偎靠我腳邊，微張嘴，輕聲鼾喘。天就快亮了，一整夜我窩縮沙發，迷迷濛濛，半睡半醒。寧謐的片霎，窗外無風也無雨，此刻大約正陷滯暴風中心吧。

一股焦渴又襲逆喉頭。客廳吊燈亮著。電來了，我走至廚房，拿起快煮壺，扳開水龍頭，那出水口卻像坍縮的黑洞，悄無聲息。半滴水也沒有。我拎著茶壺，獃立著。

一切總令人措手不及，疲於應付。沒有任何飲料，連製冰盒都是罄空的。我蓬頭垢臉，在屋裡踅來晃去，反覆掀啟櫥櫃與冰箱門。家中所有水龍頭都給旋開了，許久時間過去，依舊靜落落。馬桶髒水積存，玻麗的尿騷橫流，整個屋子彷彿開始腐壞了起來，臭氣熏烝。

我抱著玻麗回到房裡，癱躺床上，試圖再進入那片白漫漫、霧氣霏微的雪森林，卻反側難眠。眞是好渴啊……，我感覺自己就像一尾離水的海魚，眼眶乾澀，皮膚一吋一吋繃縮，翕張嘴，渴想水流撫過的涼滑，那溫潤寬容的包覆，無力地掙扎著。

忽然想起床頭那只雪貝殼。我探手搆得，將貝殼貼附耳朵，諦聽。一絲似有若無的黏鹹氣味浮晃鼻尖，過去那內裡滿漲的、關於海洋的一切就快消散無蹤。我撫挼著殼身一圈一圈時間爬過的螺紋，宛如塔梯無止境向右旋捲，攀向神祕的某處。螺肚裡颳起一片片破脆風聲。那空蕩蕩的內殼，曾讓某種生物寄宿，安頓其中，如今牠蛻離堅硬沉重的負荷，或許另覓巢穴，或者就枯竭死亡，在白茫茫的大海隨波逐流。

似有若無的過去。我包覆著玻麗，感覺牠渾圓的腦勺沉沉泊憩在臂彎中。牠睡得酣甜，跖掌輕搐，彷彿正浸漬一場夢裡。不知牠的夢是黑白或彩色的？還記得那些紛墜而下、撞入眼底的流光異色嗎？牠能否辨別夢境與現實的分界……？對多數時間都沉陷睡眠中的玻麗而言，或許夢比現實更真實也說不定。

就像一把時間的槳，夢在潑白月照下，引領我們溯向迢遠、高寒的母河。倘若人臨死前將回望過去，那夢便是重現往日另一餘剩的途徑。

即將破曉的夜，我和玻麗蜷捲身體，側臥著，像兩隻依存的母子獸，圈成一飽足的圓。我闔上眼，靜靜冥想，如果時間就此停佇，或者，我們便這麼安靜而飽足地沉沉睏去，不再醒轉……。

也許這才是世界的盡頭，沒有出口的暗黑維度，而黎明再不會降臨。

17 去海邊

開往海邊的途中。

颱風才過，天氣旋即放晴，積水退去，地面的殘枝落葉與垃圾也被清拾乾淨，幾乎已感受不到風雨肆虐的痕跡。日光溫暖，天空碧藍如洗。終於，又再度踏上那筆直撲奔向海邊的路。

這是一台樸舊、但令人感覺安穩的深藍色廂型車，腳踏板卡著些許細白沙粒，皮椅墊與絨布頂篷也黏附一股腥澀海味，隨著行車淡淡地顛散開。窗玻璃搖下，風嘩刺刺傾灌進來，駕駛座上，掌著方向盤的小老闆看來神清氣爽。今天是澄黃色Polo衫（他似乎只穿Polo衫），如盛夏鮮嫩芒果榨擠出的汁液般。陽光自窗口潑濺下，同他說話時，我瞇起眼凝睇那光豔豔的側臉，駝起的鼻峰、黝亮膚色、粗硬乾岔的白髮，以及讓海風吹皺的眼尾紋……，好似浮沉於金色薄霧般的夢境裡，令人心底悵恍。

「什麼這麼好看？」他直視著前方說。

我笑了笑，有些赧澀地將目光瞥向窗外。那是一條無法向人言說的祕密甬道，在某個精微向度，喀地聲，恰恰卡進記憶的榫眼，從那視角望去，彷彿就能望穿過去……。

我經常這樣敧側臉，仰望著爸爸。炎酷的漫漫暑日，爸爸駕著藍色小發財，載我巡視工地，四處兜繞。窗外熱浪翻捲，沙塵掀揚。烤爐般的車內，我陷在副手座裡，十指黏呼呼，鑲著融糊的福樂冰淇淋（那是隨車的犒賞），伴陪爸爸打發無聊的行車時光。他高挺的鼻梁架著太陽眼鏡，左手打方向盤，右手帥氣地切換排檔，看上去比劉文正還瀟灑（大家都說他們倆極像）。歷經一日舟車勞頓，回程路上，爸爸總讓我枕靠他腿間小憩。我雙頰曬得紅撲撲，溼黏的腦勺微微顛晃，感覺他輕踏煞車與離合器，車身緩慢而平穩地向前滑行。

升上了國中，偶爾爸爸會特意早起，開著小發財送我去上學。那時個頭已十分高拔的我，正值彆扭的青春期，每每車子駛抵校門口，便匆匆跳下車，拽過書包，摀著頭快步走進學校。幾度我甚至編造各種理由，買早餐、等同學、影印考卷……，要爸爸在路口將我放下。起先他不以爲意，直到某日我又故技重施，他撇轉頭，在目光交會瞬間，忽地頓悟。寂靜車裡，我從爸眼中讀出那瞭然，但他什麼也沒說，只目送我下車。那天我依舊低頭縮肩，快步走著，卻感覺背脊一股赤熱竄燒，燙紅耳頰。不多久，家裡便添購了一台嶄新的小客車。

蜿蜒的海岸線一路鋪展，我忽然想起亡命天涯的公路電影，那翻滾的沙塵、毒熱豔陽、漫無止境的旅程，以及四野孤荒的景象……。假使能這麼兩人作伴，一路向前開，遠遠甩脫過去，沒有終點，未來也不會來，該有多好。瞬眼間，一簇醒目的盤形建物撞入眼底，臨著海巍然屹立。從前去海邊，每每行經此處，總要與哥哥們爭相遙指遠方炫異的地標驚呼，看！飛碟。那黃燦燦、藍晶晶、紅焰焰、綠森森……壓克力質地般輕薄的扁殼屋，在曠闊岸邊顯得格外奇特，浮豔色調，廉價的科幻感（宛如巨型七彩健素糖），長久來，就這麼違和地佇立海濱。聽說在遊樂事業勃發的七〇年代，那原本預計建作度假別墅，後因資金周轉不靈而停工，組合一半的結構體從此懸宕，逐日風磨、雨蝕，終致成了廢墟。

豔日下，一幢幢橢圓球體折散鏽黃光澤。如今看來，依然超現實（或曰後現代），既前衛又窳舊，那曠日彌久的殘破反倒指向了永恆。周遭芒草雜生，抽穗時節，莖頂的羽狀花序在風中飄滾，蒼茫似雪。遠遠望去，殼身大片褪落的彩漆、滌淡的色澤，使那屋體看來就像外星人所棄擲，損壞的飛行器，或一艘艘被打撈起的沉船，攤曝於海邊。無法溯返既往，也回不去未來，隨著陣陣潮湧，靜靜吐散一股末日荒涼的氣息。

「聽說那好像快拆了。」小老闆忽然提起。

「回來的時候，去看看好嗎？」我眺著窗外，說。過去已然預言了未來。這世上沒有什麼是眞實存在，此時此刻，毀壞本身也正在毀壞。終有一天，連永恆都將被解構，成爲一片空無的風景。

車子停靠壅塞的漁村。剛下錨的船隻整齊泊憩港口，水線處可見鐵鏽斑斑，船上欄杆且晾掛溼答答的衣物和被單，一旁，幾艘上纜的陋破舢舨風箏似在海面漂搖。凌晨出航返來、卸完貨的漁工們打赤膊，肩上披了條毛巾，三三兩兩蹲踞碼頭，嗦著菸，閒嗑牙，有些或箕坐蔭涼船尾，默默凝睇著大海。

午後還雜的魚市場，產地直銷攤櫛比鱗次，泥地板溼滑黏腳，一隻隻灰黑與墨綠色膠鞋聒刺聒刺在漁獲間穿踏，軋擠出稠濁的海腥味來。快手捉撈、掐斤捏兩，喊價與叫賣眾口紛紜，鱗光像碎琉璃飛濺，膠滑的膏液自指縫間流淌。一簍簍七彩塑膠籃裡活水冒竄，各種現流海產撲撲跳顫，石斑、九孔、龍蝦、軟絲、花蟹與象拔蚌……滿目琳瑯，鰓色紅潤，眼波清亮，觸角柔韌靈動，明豔的殼紋在水中閃晃，抖甩或歙張陣陣潮沫與朝氣，生猛鮮活。

用過餐，繼續沿迂曲的公路前行。不多久，天空豁然開朗，深藍色長浪高捲，烈陽、燕鷗、招潮蟹與喧譁的人聲……驀地排山倒海而來，闊別多時的海邊終於迫臨眼前。我深吸了口氣，像一只盈滿的螺貝，眼耳鼻口與肌膚孔竅，頓時全舒張開。

小老闆鑽入後車廂，取出輕便的釣具。日正當中，灼亮白光嘩嘩地瓢潑下，我們走進那拱聳巨大的天然岩洞，宛如穿過一幽暗森涼、時光洄洑的隧道口。出得洞門，淡金色貝殼砂地與敞闊無垠的海，乍地自腳下鋪攤，一路翻滾至天際。

我瞇隙眼。海風在耳邊呼嘯，陽光像撐張開的流刺網布滿了針芒，前方景物眩搖著，一片曝白。小老闆戴上鴨舌帽，扣緊，獨自拎晃冰桶釣竿走遠，顫悠悠的背影也隱遁那光裡。

風張颺著，平坦砂地上有人放起風箏，繽紛彩蝶、串長的蜈蚣，以及飛上青天的小丑魚尼莫……，啪嗒啪嗒在風中亂舞。涼亭與石洞前攤販錯立，成束大小魚撈、讓勺子舀開的骨碌石花凍、一鑵鑵油亮爍黑的燒酒螺，還有白煙噴嗆的烤香腸……。淺灘處，一群戴橘帽、正進行暑期戶外教學的小學生列成隊，手裡掌著竹網、塑膠袋和小水族箱，在年輕男老師帶領下，涉入潮間帶，做海洋生態觀察。

我站在海拱下。這座經浪濤長年沖鑿，因地殼漸次隆起而突聳的海蝕洞，不知緣由風化或錯覺，似乎較記憶中來得矮窄、殘破些。腳下大片斑爛的粗質砂礫，則是不斷給沖捲至岸上、已脆化的貝殼遺骸。海洋見證了一切，靜靜涵蘊著，也侵噬著。這岩洞做爲小島最北端的重要地標，有著里程碑一般的象徵意義，從這裡起始，我便將化作一尾撲顫顫、赤豔豔的鮭魚，縱身大海，乘著溫潤如羊水的潮流，溯向生命源頭。

淺水區跳石交錯，上頭爬滿綠茸茸、極滑腳的珊瑚藻（比起從前規模壯大許多），放眼望去，好似一片幽藍與湛青交織的夢境。我小心跋涉，如兒時那樣步步斟酌，跨前折退，推敲著趨近海的幾何路線。冷不防，數不清癟醜的海蟑螂窸窸窣窣從岩縫蹭出，像自深層的集體夢魘中驚蟄，張皇著觸鬚，四處竄逃。我驀地停下腳步，睨望著。海就在那，來回湧起、退落，彷彿未曾撤離（仍是往日我所眺看、踩踏的那海吧？），而橫隔眼前的，是一條斷裂且曲折的險途，一盤錯綜的，也許會摔得皮破血流或陷困進退無路的棋局。

我攀過礁石，來到岸邊。白滾滾的浪花在腳下沖盪，濺溼了磯巖——那緊繃的臨界線，再邁前一步，便是海闊天空。我常想，熱愛釣魚的人跨開雙足，沉毅地站定岸頭，與浩瀚大洋對峙，必然有著一顆同樣寬綽、強韌的心，且極其嚮往自由吧……。颱風過後，浪湧仍有些顛盪，如一鍋沸騰後慢慢吐散熱氣的開水。小老闆托緊釣竿，凝佇岬角，一旁的冰桶已有幾條花鯖和臭肚活蹦亂鑽。起大浪時，魚群潛躲至近海或沉底避風，待海象轉趨平穩，因挨餓數日，爭相竄出索餌，劈里啪啦凌躍水面，每個釣客幾乎都漁獲滿滿。

浪濤捲起千堆雪，海上白皚皚一片。我靜靜俯瞰，揣想，看似漸漸寧息的水面，底下說不定仍滾燙著，暗潮洶湧。那一窊深藍無比的海彷彿具有磁力，幽幽地槃旋、迴盪，迷惑並召引著，使人隨之眩搖。

「什麼這麼好看？」小老闆將我喚醒，哂哂笑說：「我發現你經常會不知神遊去哪喔。」

「釣魚究竟有什麼好玩？」我回過神，蹲下身，探看桶裡的魚。

細韌的竿尖忽地頓動，浮標下沉，在水中抽搐了幾下。小老闆精神一振，壓低竿尾，穩練地拖住餌，待竿身弓緊，魚兒咬鉤，便俐落收線，不疾不徐輕巧一提，瞬間起手揚竿，兜入網中。

一尾巴掌大的黑鯛顫跳著，烈日下，潑甩璀璨銀光。小老闆左手撫住魚體，小心且溫柔地解下嘴角尖鉤。那黑鯛輕握在他掌中，竟就安安分分睜著圓亮大眼，清波流轉，不再掙扎。

「我想應該是等待的過程吧。」他走至岬角前端，屈身，順勢一送，剛到手的魚便又撲通滑入海中。我想約莫那還是條小魚的緣故。

「等待什麼？」

小老闆綁上新餌，再次拋投。他面對大海，將竿尖朝後，接著輕輕提起，自頭頂唰地劈開一優美的半弧，待鉛錘與誘餌墜入水中，便鬆放捲線器，直到落底。

「等待未知呀。」他專心覷著浮標，說：「你永遠也摸不透究竟海有多深、多奧祕，還有它將回吐給你什麼。」螢光色浮標露出一截端頂，在水面左右擺晃，那是來自海洋深處的幽微暗示。

「好像你原本鎖定烏魚，卻釣起黑鯛那樣嗎？」

「大概是吧。」小老闆答道。「還有收放之間也需要一些智慧，該收則收，該放就不眷戀。那也可以訓練自己的韌性。」

「這樣應該就能變成更強悍的人，是吧？」我望向大海喃喃。

我們沉默了一陣。四周只有嘩嘩的海潮與風馳滾的聲音。

「爲什麼有些人就是特別脆弱……」我忽地覺得，自己猶如一條拽緊的、幾乎要繃斷的魚線，即便渾身打起戰慄，依舊捨不得，也無法鬆放。

「我的人生在十五歲時，一夕間就衰萎了，然後停頓在十七歲，從此不再長大。或者說那時起便整個歪斜、崩壞了，就像一座瞬間塌毀的島，也許還完整地隱沒在海洋一角。」我深吸了口氣，說：「如果這還稱得上人生的話。」

還來不及長大，便瞬間衰老、死去。那中間的空白成了一片汪洋，日日夜夜悠悠渺渺地晃曳。而記憶，是勾連著葬埋海底深處的一切，僅有的一絲線索。

「因爲你太柔軟了。」帽沿下，小老闆微瞇起眼。「有時候我們得學著堅硬，學著殘酷。但這是天生的，你也不須自責。」

「記得我提過，許多年前曾在街上看見你的事嗎？」他依舊直視著前方，說：「那時候的你，看起來就像一隻繃緊的刺蝟……。當時我也無法理解爲什麼會有這種感覺。現在我明白了，那是因爲內裡太過幼弱，所以才披覆著尖利的外殼。」

我在風中抖顫。遠方浪頭似乎越疊越高，一波波撲擊而來。我環抱雙臂，想止住那下意識的戰慄與飄擺。風啪刺啪刺拍捲著衣袖、髮絲，岸頭迸開的浪沫宛如一場小型暴雨。腳下，那分際線又往後退了些，悄悄濡黑鞋面與褲管。

「嘿，剛才那黑鯛的眼睛眞是好美，對吧？」我眨眨睫毛，眼裡彷彿也濺染了鹹澀海水。「你想魚會流淚嗎？雖然牠們沒有淚腺，但總有難過的時候啊……」

「唔，」小老闆偏頭思索。「或許海洋就是魚的眼淚吧。」然後他說。

黃澄澄的太陽漸漸垂墜，像給打散、倒落的稠滑蛋汁，浮晃在遠方海面。我回到淺灘處，攀上一顆突聳的礁石，靜靜瞭望大海。那霞光瀲灩的夕照已觀覽過許多次，如無數撲翅輕顫的金色飛蛾跳踉水面。爸曾說，最美麗的曙光也綻現於海邊，彷彿盤古開天的破出，是世上最純淨美好的綺景。有朝一日，我定也要親睹曾映照在爸邃黑眼底，那令他動容、震顫的瞬息。

身後傳來一陣驚呼，我撇過頭。貝殼砂地上，方才那隻尼莫風箏繃斷了線，只見紅白相間的小丑魚扭擺身軀，在空中翻旋幾圈，便義無反顧往海的方向撥划，漸游漸遠……。我心中好似有什麼鬆懈了開，肩頭頓時輕盈許多，怔望著那尾無拘無束泅泳的魚，忽忽覺得海闊天空。

落日終於撲咚沉入海平線，我和小老闆步出岩洞，準備離去。我手裡拎著一袋燒酒螺，他則打包一箱湛藍的海洋回家，臉龐似乎又曬黑了些。我回望頭。巍然峙立的海拱宛如一隻幽邃、亙古的巨眼，默默凝睇大海。穿透眼孔，彷彿就跨進了另一個世界，在那裡，有暖陽、浪花、海風與風中翻滾的細砂。那也像定止的長鏡頭，時間緩緩溢出、逆流，某種深烙在我眼底，既溫柔又冷酷的注視。

回程路上，我們繞去了飛碟屋。天色漸暗沉，海濱荒地靜蕩蕩、魆悄悄，杳無人跡。我撥開蔓生的雜草前行，近三十年，第一次踏入這座既熟習又疏離的奇異建物，恍如走進一再在腦海播映，華麗而頹唐的夢裡。現場，遠比自車上眺望來得破落許多，像給轟炸過似的——大片剝落或塌陷的殼面，崩解的混凝土內牆露出鏽黑鋼筋，有些樓板坍毀，上層球體孤懸於半空，棄擲的排水管如一條枯死的蛇，糾扭著身軀盤踞屋角……。一座預先建置好的未來廢墟，像一則寓言，或隱喻，展示在荒涼海邊。

夕陽還沒落盡，月亮已升起，將圓未圓地懸浮天際。我們小心探索著。屋內遍地狼藉，木材、磚石橫倒路中，牆面漆滿了塗鴉。從腳下毛坯的梯口望去，石階順著方形洞窟層級折降，如一路向下迴旋的塔，終端隱沒於暗黑，彷彿可通達地心。幾乎每棟殼體，橫幅的大觀景窗皆殘缺不全，破脆或綻裂成星芒狀尖角，地上盡是碎散的玻璃片。

海風颼颼傾灌進來，破窗外，叢雜的五節芒在幽曖中飄曳。海就在不遠處，黑藍色潮汐一波波堆疊、湧退，流光瞬息，稍縱即逝，卻又好似在原地盤旋，亙古未變。

走吧，天快黑了。小老闆說。我們緩緩步下階梯，自這座未來廢墟撤離。很快地，夜霧便暈散開，眼前昏濛濛一片，四周更加貧瘠冷清。倉促中，我不小心一腳踩進碎玻璃堆，踝跟絆了一下，驚詫出聲。他回過頭，拾起我的手，冰涼鏡片底晃過點點星燭般的微光。

一片靜寂裡，我們交握手，覓尋著出口。我感覺自己再次回到了兒時遊樂場，那午後，森冷的鬼屋迷宮中，一票人在暗無天日的地窖裡摸索前行，忽地有人受驚恍，鬼哮著，人群瞬間擠軋起來，將我和爸緊繫的手給沖散開。我頓失所依，像個盲子獃杵原地……。許多年過去，驀忽間，一雙厚實溫暖的大手自夜霧中探出，拉過我已冰涼僵凍的手，不輕不重地包覆著，闃黑裡，默默牽引著我，涉過早荒蕪廢棄的迷境，一步一步，繼續向前跋行。

小老闆將冰桶裡的魚安置水族館，便載我返回市區。一路暢行的濱海公路，車頂外，瑩黃燈火啪嚓啪嚓閃晃而過，清朗的夜風涮著紅灼臉頰。我有些倦累，體內似乎積淤了暑熱，便斜倚著，靜靜望向窗外。

「想好下一站了嗎？」小老闆忽地問。

迷濛的光影一盞一盞浮現。那些紛墜而至，如逆行流星不斷飛撞眼底、不知屬於未來或過往的，在與你交會瞬間，同時也消逝而去。你好像曾經攫住了什麼，卻什麼也留不住。

「下一站，我想拜訪一個重要的人。」我毫不猶疑地回答。「和我一起長大的兒時玩伴。」

阿文。那個我甚少輕易提起，像童年某個私屬祕密基地給慎重地藏蓋心底的人。

漫漫成長過程裡，我們彼此互生，盤結交錯，他已化作我的一部分，是自身體歧出的枝椏、迸綻的花果，甚至成爲我的根鬚。他是幼年時光中，像哈克一樣的夥伴——那些珠光鑽閃記憶的共同持有人、保管者。他的存在（不論於世上任一角落），定位了我的存在，是我得以泊靠掩蔽的最後灣口。

「我必須和他見上一面。他是開啟我童年的那把鑰匙。」

小老闆沉默了會。「你所打開的，也許是潘朵拉的盒子。」

「或許吧。但我也想知道，究竟盒子裡會蹦出什麼，有什麼還留在裡面？」我敧過頭，苦笑說：「不過肯定不會是希望。」

「我想你心意已決。總之，希望你不要受傷才好……」

「嗯，我了解。」我回過身，望向前方蚰蜒漆暗的路。

我想我能夠了解。那繽紛翠璨的往日光景就好似碎散的玻璃鏡面，每一次回首、每一個凝望、每一秒佇足……，俯拾皆是，折射出剔透光影。那些記憶的殘片，美麗卻尖削，每道斷面皆鋒利如刃。但無論如何，我必須開啟。因爲我也被困在了那裡。

輯三——始

18 建材行

我有兩個老家，一個店面，一個住家（我們都稱它舊家），前者是白日流連的處所，後者是夜裡安頓的歸宿。每天傍晚，店鋪打烊，我們兄妹便蹲踞或站立藍色小發財後，哐啷哐啷，迎著颯爽的風返回住所。

我童年至極美好的時光，全在鋪子周遭蹭磨了，那兒宛若繁華的海濱小鎮，我同一狗票年齡相仿的小海盜賊子，成日聚合廝混，興風作浪，不過我們的戰場不在海上，而是織綜的街巷，我們爭逐的金銀島，則是遍地黃沙的廢河道。

如今回想起來，那段日子就像熾夏的豔陽，投射出一圈圈鎏金般的光環，令人無法逼視，彷彿永遠也揮霍不盡。光陰全給虛擲，卻感覺無比充實，一如自手中拋灑出的玻璃珠，嘩啦嘩啦，輕脆而炫亮地四處蹦跳、滾散開……。

磁磚

打從我有記憶，便是在一屋子璨麗光滑的磁磚格子裡踏爬長大——方塊磚、小口磚、大口磚、二丁掛、石英磚……，貼滿牆面與地板，釉彩的磨砂的、陶底石質與瓷面的，琳琳瑯瑯，就像是用磁磚砌成的鋪子般。

聽說更早期，店裡以販售油漆起家，一罐罐五顏六色的塗料桶，玫瑰白、山茶綠、櫻桃紅、麥田、鼠灰、土耳其藍……排排堆疊鐵架上。一張泛黃的舊相片裡，我髒兮兮盤坐騎樓地上，後方便影影綽綽映現那油漆行虹彩暈糊的光景，只是當時我尚未能記憶。

後來爸爸接觸泥作技藝，慢慢轉型，開始承包土水工程，經銷磁磚、泥料、衛浴等建材。那年我還不滿周歲。據說我出生後，店鋪日益興旺起來（因此爸爸將我視作福星），大人忙於生意，無暇照料我，於是爸爸釘製了一張木床，將我擱置其中，放上幾張報紙，每天，我就自顧自安靜地撕報紙玩。直到一日姑姑來訪，見我拱起腳，攀著圍欄站立，便心血來潮想教我學步。不料我雙腳才落地，就啪嗒啪嗒奔晃了起來，在一格格釉亮的磁磚上，自行踩踏出人生的第一步。

除了展示牆板，及書頁般任人翻閱的大型樣本櫃，不知打哪擷取的靈感，爸爸還曾在店鋪前設計了幾口ㄇ字格。格內三面安貼鏡子，客人上門時，將挑選的磁磚一擺，上頭的圖案花色便神奇地鋪攤開，可從環形鏡面中預知未來客廳、臥房或澡間貼磚後的樣貌。我經常搬來不同的磁磚，置入那格子裡，拼貼出無數層層套疊、奇幻迷離的世界，就像從萬花筒觀景窗窺得的景致，也像一個又一個緩緩旋動的夢。

彈珠

長大後，每天放學我同哥哥們返回店裡，便迫不及待書包一丟，趕在晚餐前，竭盡所能找樂子消遣。比方，捲起制服衣褲，趴伏在涼滑的磨石子地板，瞇隙眼，勾起指節，瞄準粉筆圈裡的七彩玻璃珠，拋射出母彈；輕輕彈飛置於指尖的尪仔標（及一種叫尪仔仙的螢光塑膠片），套壓或嵌入滿地綠花花的諸葛四郎、科學小飛俠、史豔文和楚留香；將白色馬賽克磚當作骨牌，屏氣凝神、分進合擊地串接著，在反覆的挫敗、哀嘆與指責聲中，排出一條歪扭盤曲的小蛇來。

身爲商人之子，多少也遺傳了生意頭腦。一回，哥哥和同學從某工廠傾倒的廢棄物中，撿來一堆翠綠色、不知作何用途的碎石頭。這肯定會大賣！哥哥抱著破爛紙箱，像掘獲寶藏的席爾法信誓旦旦說，並慫恿我帶去班上兜售。我們號稱「從山裡挖出的綠寶」果然廣受小學生青睞，每日限量，奇貨可居，下課時，同學們全黏蹭我座位旁爭相搶購，從五塊一路喊價到十塊。我的鉛筆盒每天裝滿沉甸甸的硬幣，放學後，還浩浩蕩蕩領著一批小毛頭回店裡取貨。拜綠寶所賜，那陣子我日子過得愜意，天天吃香喝辣。

不過，畢竟是垃圾一般毫無用處的石頭。數天後，當熱潮退去，瘋魔的人復醒，那些曾燦耀奪目的寶石也就給四處棄擲，彷彿幻術崩解，迷夢消散，瞬地黯然無光。

保力達B

有陣子，舊家騰給了親戚住，我們一家口便暫居店鋪裡。爸爸因此請來木匠，在廚房天花板搭起一夾層。

施工期間，我和哥哥常在架空的木作結構間玩耍，攀上爬下。一日，哥哥不小心讓鏽黑的鐵釘刺穿拖鞋，戳入腳底板。一旁正在休息的師傅見狀，立即捻熄菸頭，倒舉哥哥的腳，抓過桌上的保力達B，含了口藥酒，噗地噴灑於傷口，擠出汙血，再以木尺不斷拍打，直到黑色的創洞漸漸轉紅，最後剝開兩支黃長壽，將細碎菸絲敷蓋上頭。說也神奇，經過那一番療治，哥哥的腳似乎也就沒什麼大礙。

完工後，閣樓就像一只褊窄的木盒子，大人得彎著身進出，中午自工地歸來，爸爸便到上頭小憩。不過在孩子眼中，那懸嵌的屋體一如室內版哈克樹屋，酷炫而隱蔽，成了最新的掩護與空中基地（我們經常在那研擬戰略、分贓或進行利益交換）。攀上那道又窄又陡的木梯，彷彿就遁身另一歧岔的幽祕維度，只有被認證的至交好友，才獲准進入樹屋裡。

我們便在閣樓底下矮迫的空間用餐。每天，飯桌上必定擺著一罐黑色瓶身的保力達B，那是爸爸佐餐的良伴，炎炎夏日，我也愛拿玻璃杯分討幾口。剔透如紅寶石般的汁液，加入幾顆冰塊後，著實沁涼香甜，消暑開胃。那是給做事的人喝的。媽媽叨唸。我雙頰泛紅，咂咂嘴。約莫是藥酒的緣故，我覺得身體暖熱，像給熨過般，肌膚毛孔全綻了開，腦袋瓜卻飄飄然。那是一種難以言喻、苦中帶甘的滋味，彷彿能撫平人心。

那個悶溽的暑夏，我們一家五口便克難地擠蹭閣樓，打起地鋪（哥哥甚至得將腳伸至桌底下），寶貝兮兮吹著家裡的第一台冷氣，伴著轟隆隆的馬達聲，挨肩疊背地潛入夢鄉。翻身時，樓板唧唧嘎嘎作響，好似快崩散開，卻也無事地捱過了漫漫長夏。

日後我常想起那下午，哥哥讓鐵釘挫傷時的表情。白煙裊繞，藥酒香在空氣中潑散開，鏤著吉凶與生老病死苦的文公尺啪啪響徹閣樓，他眉頭略扭結，臉上卻故作鎮定。一點都不痛。事後哥哥得意洋洋地說。那醫治的過程太過撩亂、玄奇，令人瞠目啞然，就像是某種神祕巫儀，彷彿可穿透皮肉深抵內裡，在創痛的當下，瞬間痲痺知覺，截斷或曲阻了傳導，從而獲致療癒。

飛蟻

店門口，閩南建築中用以遮陽避雨的騎樓，也是我們爭逐的重要戰場之一。那狹長、拐繞的磨石子走廊，階梯高低不齊，四處堆置了障礙物，既可進行短兵相接的巷戰，也是打游擊的絕佳蔽護。

在同條街上打滾的店家小孩，一如動物身上釋散的信息素，或電波的交流震動，說不出緣由，卻自然而然擘分成兩派。我們和文具行兄弟、家具店兄妹一夥，檳榔攤姊弟、雜貨店兄妹與布莊姊妹則屬敵營。也許只是一個不順眼，或在騎樓錯身擦撞，回頭，雙方人馬便糾眾叫陣，打起群體戰。那是小孩間的生存遊戲，結黨同盟，挑惹事端，壯大聲威和情誼。

我們常在廊簷下，繞著機車、廣告看板與沙包追擊，東奔西竄。有人拿著彈弓，有人甩起雙截棍或跳繩，年紀最小的我和阿文手無寸鐵，但我頂記得他有個獨門絕招——吐口水。趁無人看管之際，阿文曾抻長脖頸，猶如一隻舌頭十分靈活的變色龍，噘起嘴，對著布店整落玻璃櫥窗掃射，嗒、嗒、嗒啐滿了極壯觀的潔白唾沫，再奉送幾個鬼臉後，拉著我的手逃之夭夭。

除了敵黨，令我們腎上腺素飆升的，還有雨後傾巢而出的白蟻。入夏時節，每逢下過雨的翳熱傍晚，當不知打哪竄出、密匝匝的蟻群繞著騎樓日光燈管飛旋，我與哥哥便興奮莫名。衝啊——，打死牠們！我們火速操來羽毛球拍，又躥又跳，殺紅眼追撲著。數不清的白色飛翅啪嚓啪嚓衝撞燈火，一片片油黃色薄翼漫天蛻落，不消一會，地上便布滿了斷翅，及光裸裸四處蠕爬的蟲體。

後來我們才知道，出巢的飛蟻生命多半極短促，不須撲打，在癲狂如交歡派對的群飛後，牠們也會自動脫翅，翠燦之時倏地燒燃殆盡，一夕間屍橫遍野。隔日醒來，寧靜的騎樓，陽光給切割成一格一格，那些曾激劇震顫的透亮翅膜如殘雪四處沾粘，在日照下，乾皺成屑。

磁磚店位於十字路口旁。走出店鋪，右轉過了馬路，就是根本文具行和鴻成家具店。左手邊沿著長廊布列，則有釣具行、米店、筆墨莊、電器行、藥局、美妝用品店……。每次行經時髦的美妝店門口，總瞥見穿著粉紅襯衫與緊身牛仔褲的老闆笑吟吟周旋女客間。他是個身材頎壯但舉止秀氣的少年郎，有著一雙四周略帶紅暈的迷濛大眼，當時我並不懂，只覺得他身上發散一股說不出的媚韻，掩起嘴咯咯笑時，令我聯想到在枝頭顫曳的豔粉色吉野櫻。

還有騎樓轉角處的柑仔店。開敞的三角窗店頭，一桶桶透明圓罐盛裝著七彩糖球、繽紛果汁條、甜膩膩的蜜汁香魚片、紅豔豔的芒果乾與辣橄欖、口哨糖、涼菸糖、巧克力軟管、黑人牙膏糖……，目不暇給，只要手頭有幾個銅板，就興沖沖往那鋪裡鑽蹭，千挑百選，兩片烤乳豬三顆梅心糖的。有時太窮又太饞，便趁老闆不注意，偷偷探手圓筒內，瞎抓一把，胡亂塞入嘴中。

我曾突發奇想拿來剪貼簿，將剝下的糖果包裝紙——鋁箔、蠟光紙、半透明牛皮紙、玻璃膜、扭結紙……，一張張攤平黏貼，除了蒐集上頭瑰麗的彩印，閒來無事，還能回味各款糖果餘香。直到一日掀開簿子，赫然發現那色紙全讓蟲給蛀出點點噁爛的洞，才不得不終結這項收藏。

店鋪前，車水馬龍的路口，每至夏天似乎就更鬧熱紛囂。賣棉花糖的推車駐扎路邊，金褐色糖漿自旋轉的網狀漏斗中噴射，瞬間拉出雪樣的細白糖絲，繞著木棍黏集成一蓬蓬鬆軟雪花球；載著冰櫃的腳踏車也在豔日下趕至，叭噗叭噗地聲聲催喚，老闆拱長手，自鐵桶挖出一勺勺冒著霜氣的冰淇淋——粉紅草莓、花豆、紫芋、金黃鳳梨……，連銜在口中的木匙都吐放著香氣；或剝去黑色橡皮圈，戳入竹籤，在水中搓洗，啵地扭開鋁殼，魔術般抽拔出一顆顆綠瑩瑩、紅澄澄、水藍藍的雞蛋冰。

小六當糾察隊，便在這十字路口服勤。那是我們最期盼的日子，不須午休，別著權威的黃臂章在校園走晃，很是囂張。被分派吹哨的我更覺風光，放學時，路上黑壓壓、亂嘈嘈的人車都得聽從我指揮，攔柵或放行。我們一組六人來到路口，每每先飛奔至店裡，打開冰箱冷凍庫，一人塞一顆結滿晶花的大塊冰角，值勤時喀茲喀茲咬著、含弄著，烈陽下，便覺無比沁爽甘美。

宛如一場夏日午夢，那穠豔異彩、飽滿光澤、粉甜氣味……雜糅成添加過多色素與糖霜的童年，有時回味起來，也像蓬軟的棉花糖，占據著龐碩體積卻輕似一片雲，大口咬下，倏忽在舌尖化去，除了一嘴甜膩，彷彿什麼也不曾啖著。

紙箱

店鋪斜對角的中山堂，是我們滾耍胡混的主要據點，也是兵家必爭之地，爲了搶占這場子，各方人馬無不使出渾身解數，強奪豪取或出動人形立牌。燠熱的午後，我們在廣場上溜滑板、打棒球（木棍當球棒，用膠帶將報紙纏成扎實大球，拿磚塊畫壘包，厚紙板摺作手套），玩紅綠燈、躲迷藏、大風吹、騎馬打仗、官兵捉強盜……，滿場飛逐，或攀上圍牆旁那株老冬青樹，偷偷翻進隔壁國小裡。

從中山堂向四方輻射，朝東是舊火車站，往西通抵紙廠。街衢兩側，林立著塑膠雨棚搭起的矮陋屋舍及流動攤車，沿途，各種香氣噴竄，蚵仔煎、炸排骨、甜不辣、臭豆腐……。一碗淋上獨門醬汁的甜不辣，是玩耍後飢腸轆轆時的最佳點心，我和哥哥們滿頭大汗，坐在熱氣蒸臉的攤車前，叉著軟爛豬血糕和滑嫩油豆腐，比賽似拚命灌下可無限暢飲的湯底，若僥倖咀獲一小塊未熬散的蘿蔔，便沾沾自喜。

還有粗粗燥燥的瓦楞紙香。位於街尾的廢紙回收廠，鐵皮廠房裡塞滿千層派似的大小紙箱，終年飄散一股淡淡旱草味，擴及數條巷弄外，豔夏時節，甚至感覺黏糊糊的紙漿彷彿要漫溢出。

我們兄妹經常合力拽著手拉車，上頭載滿軋扁的紙箱，哐噹哐噹朝紙廠拖行。那是我們重要的收入來源，每回工人過磅，我總盯緊翹翹板似的秤桿，暗自計較。待銀貨兩訖，兄妹當場拆帳完畢，回程，我寶貝地捏緊手心，兩旁小販吆喝，花花傘棚下，熟識的果汁攤老闆與豆花阿伯紛紛探頭招喚——冰涼甜酸的百香果汁、桑椹汁、米苔目、粉圓冰……在日光下如海浪一波波沖盪著。我滾動乾澀的喉頭，心底踟躕，一路上，罄空的拖車更加發出惱人噪音，聲響越大，我將頭揞得越低，汗溼了掌中硬幣。

多年後，街道綿滾的沙塵、廣場上空闊的驕陽與遝雜人影，一如咒語般反覆在耳邊迴繞的那口訣——大風吹，吹什麼？吹……，最後，全讓一陣突如其來的疾風給吹遠，從此散佚空中。

故事

穿過馬路至對街，往南走，便來到天龍書局。那是附近第一家書店，剃平頭的老闆總板著臉，抿緊嘴，端坐櫃檯後默默記著帳本，或翻看自個兒的書，有時白衫袖口隱約露出部分藏青色圖騰（那種極繁麗的龍身或鳳尾之類），當年我懷著敬畏又諱忌的心，猜疑他是否剛刑滿出獄。

窄暗店頭，牆櫃塡滿五花八門的書籍，軟皮、硬殼、精裝本，甚至線裝書，那就像金磚銀磚，於我是太過深鉅沉重的世界。粗糙的書頁倒是泛著溼溼涼涼如陳年普洱茶磚的臭曝味。當時我和哥哥最愛一種極輕薄的偵探小說譯本，開幕期間，特價十五元，堆放走廊的紙箱中，我們便不定期往箱裡挖揀。那似乎是庫存舊書，每一本印著金髮碧眼男女主人公的書皮上，皆暈開朵朵彷彿讓水給淹過的黃漬。

週末或寒暑假，偶爾得幫忙看店。經常我同哥哥們互相把風，趁大人午睡或四下無人之際，用手抵住收銀機抽屜（以減低震彈音量），噹啷一聲，迅速摸走幾枚銅板，有時利慾薰心便大膽抽出一張藍花花的伍拾圓紙鈔，兄妹分著買零食，或湊合買一本書。

天氣燥悶不已，街路好似赤道沙漠無盡蔓延，我跨坐塑膠椅上，搬來高腳圓凳充當書桌，將衣袖捲至肩頭，腳丫子踩踏拖鞋頂，一面翻著省吃儉用換得的廉價翻譯小說，一面看顧生意，在琉光竄動的磁磚屋裡，張愣口，逐字逐句、懵懵懂懂地讀完數本長冗的世界名著，《簡愛》、《咆哮山莊》、《傲慢與偏見》、《茶花女》、《塊肉餘生錄》……，感覺頭頂彷彿開了一扇形而上的窗，吹進陣陣無以名狀卻挺舒爽曼妙的微風。

那時我便隱約意識到，每個人都是一本故事，書店老闆也是，一部深藏不露的小說，就像自白色袖口蔓爬開，那一整片繁花錦簇、鏤進血肉裡的刺青。

麻仔台

小時候似乎極易對事物沉迷。多半沒來由，莫名其妙便開啟了某項癖好或蒐藏，且近乎耽溺。除了偵探推理小說（從小本子進化到福爾摩斯與亞森羅蘋系列），還曾瘋迷過漫畫。

暑假來臨，百無聊賴的午後，經常我尾隨哥哥上巷口租書店，蹲踞昏黲黲的小屋子裡，口中啵茲啵茲嗦著西瓜糖或果汁條，手邊翻拈漫畫書，一集接一集（時而趁老闆不注意，倏地抽換別冊），一頭栽進天馬行空的世界裡。電風扇啪嗒啪嗒吹，在那個世界，有一出手便把敵人轟碎成雪花片的北斗神拳，使地球瞬間燃爲灰燼的龜派氣功，額頭長出第三隻眼的靈異神童，與披著黑斗篷滿臉刀疤的怪醫秦博士……。日復一日，整個暑期我們便浸淫怪力亂神的奇想中，舌頭蘸滿彩虹般橘黃靛青的色素。

還有沒日沒夜盯著光爍爍的屏幕，不斷格鬥、脫逃、陣亡，再重來一遍的電玩遊戲；掛在及胸的綠絨布檯面上，抽拉或推送手中過長的球桿，敲著滿桌跳彈炫轉卻始終不落袋的撞球；以及最最令人無法自拔，隨著那神祕小紅點不停盤繞直到兩眼昏花的麻仔台。

當年，吃角子老虎機正風行，連麵包店一角也能瞥見它的蹤影。我們攥著微薄資本，發願靠麻仔台掙錢，大街小巷四處征戰，並羅列每台機器的命中率與回報率。夜裡，每當大人外出，我和哥哥便將店鋪鐵捲門拉起一小縫，鑽爬出來，摸進街上的撞球間或漫畫店。那時麻仔台多半暗藏於密室，熟門路的人才知道，哪些鋪子後頭別有洞天。悶騰騰的小房間裡窩擠了許多孩子，昏黃燈泡下，各種機台叮咚作響，我弓坐水果輪盤前，噹啷噹啷餵著銅板，然後聚神盯著眼前不停迴轉的紅色跑馬燈。

那時我便知道，人生就是一場博弈，荔枝賠率一比二，蘋果一比五，西瓜一比二十……，一種以小博大、賭一次機會或命運的遊戲，押對寶，麻仔台便哇啦哇啦吐出大把金幣，妄想在這不對等的現實世界裡，能從此翻盤，一勞永逸。

有陣子我們兄妹且迷上集郵，各自買了本厚厚的集郵冊，卻沒餘錢買郵票。哥哥說，有蓋郵戳的比較值錢，於是下課後，我們騎著腳踏車穿巡巷弄間，一個把風，一個探手公寓大門成排的郵箱，抽出信件，撕下上頭綠綠花花的郵票，然後成日拿著小鑷子，煞有介事地計數收藏。

關於沉迷這檔事，既是莫名的開始，往往也就像風一般來去，不知所終。一如拖著紅紅長尾巴，不停奔跑爍動的香蕉、芒果和銅鐘，以及那藍綠棕黃互相撞擊的花球，在視覺暫留的錯知中，滾轉或迸散成一抹暈糊的風景。

紙花

盛夏，在小鎮最重要的十字街衢，時有餘興節目上演。每逢保生大帝聖誕或城隍出巡的大日子來臨，整條市街便鬧熱滾滾，爆竹四濺，鑼鼓喧天，店家在門口擺起香案，小孩子全奔湧出，爭睹大仙尪仔遊街，拾撿漫天拋灑的糖果和鹹光餅。白茫茫的煙霧中，魁梧的千里眼和順風耳、七爺八爺、牛頭馬面、康趙元帥……，搖擺著闊肩錦袖一一晃過大街，後頭，則是頂著花臉的家將團，手中揮舞刀鋸瓜錘，腳下畫開七星步緩緩前行，有時還有踩腳蹺或蜈蚣陣，在炸開的豔紅紙花中輪番上場。

另一種陣頭也同樣引人矚目。那年代，葬儀都辦得極氣派隆重，喪家搭起了藍白帆布棚，藝閣車陣、西索米樂隊與遊覽車浩浩湯湯盤據整條馬路，圍觀的路人擠蹭周邊，還得勞動管區指揮交通。那時我最愛看的表演不是孝女白琴或五子哭墓，而是一種又歌又跳的牽亡陣。領隊的紅頭法師一面吹螺一面唸唱，娘媽搖著羽扇和絲巾，扮相花俏的小旦敲著響板，兩人不停扭腰擺臀，與法師對答輪唱，前方還有一個倒退嚕的尪姨，伴著鑼鼓點，沿途將焚燒的紙錢撒向天際。

輕快平扁的天語自麥克風傳出，嗡嗡地迴盪，火燄日頭下，烏壓壓的群眾和街景在風中飄晃，好似快糊散開。那情景吐露一股說不出的詭魅，不像辦喪事，倒像閻王嫁女兒，我總看得目眩神搖，彷彿置身夢裡。

待儀式完結，人群散去，一切復歸平靜。陽光依然炙耀，小鎮一如往常，行走、營販，車水馬龍……，軋過地上碎紛紛的炮紙花，匆匆穿巡融散風中雨中的黑色餘燼裡。

風箏

扛著烈日，一路往西南跋涉，便來到小鎮邊境——黃沙滾滾的廢河道。從前那是一條蛇般拐繞、逢雨必淹的水路，截彎取直後，成了乾黴黴的護城河，石塊裸露，雜草枯黃，了無生氣地環衛著小鎮。

幾年後，廢棄的河道塡土爲地，那一望無際的黃土丘便成爲我們爭逐的沙場，幻想中埋藏著財寶的金銀島。有天，不知誰打哪弄來一團皺巴巴的牛皮紙藏寶圖，上頭歷歷可考，好似確有其事（回想起來，不過是張十分陽春，用會暈漏的玉兔原子筆繪成且字跡歪扭的紙稿），連續數日，我們果眞按圖索驥，組成一支考古隊，頂著熇熱，拿鏟子往沙地挖耙，在偌大的黃土丘上，掘出坑坑巴巴的地鼠洞來。

有陣子我和哥哥迷上手作風箏，四處收集竹條，用小刀將兩端削薄、烤彎後，扎緊，糊上各色透光玻璃紙。哥哥騎著腳踏車，我踩在火箭筒上，一手拖曳長長細繩，在曠闊的沙洲上馳行、呼嘯。風箏飽漲著，嘩啦嘩啦在天空亂舞，彷彿下一刻就要連車帶人騰飛而起。一回，颳大風的日子，漫天黃浪翻滾，風箏像一隻不聽使喚的脫兔，癲狂掙扎，我奮力向前奔，死命揪緊手中線捲，突然轟地聲，風箏繃斷了線，輕飄飄做出三四個絢麗的翻旋，隨即蹦入白雲裡。

玩累了，一夥人便在燙手的沙田中耙出坑，靜靜焢起窯來，然後津津有味地分食半生不熟的番薯。夕陽將我們的臉也煨成緋紅，遠遠望去，跨河吊橋正發散奇異光彩，像一條覆滿鱗片的巨獸，伏亙半空中。

據說橋下曾是泊船的灣口。尚未塡河前，那是上大舅家必經的路，斜前方，挺立著紙廠的兩支巨無霸煙囪，噴出朵朵黑雲。每每度過用粗鐵繩拉起的吊橋，踩跨積木般拼接起的踏板，總覺得它軟塌塌，會蠕動似，每邁出一步，橋身便顛得嚇人，我走得驚心，最後索性拔腿狂奔起來，腳下的柏油木板也跟著嘎吱嘎吱翹彈，彷彿甦醒的巨獸正拱動脊骨，就要反身吞噬渡河的人。

廢河道便這麼閒置數年，底下當然不曾埋有一文半錢，其實誰也沒認眞相信，那不過是座荒涼枯索的沙漠。直到上了國中，某天放學，校門口圍起欄柵，說是修路時地基掏空，塌成一窪大洞，且不多久，鄰近一棟新興商場竟整個陷落，像比薩斜塔超現實地歪敧著，我們方才恍然，這一帶地底原是龐雜的水圳系統，雖塡覆了層層黃土，在幽暗處，那水依舊張牙舞爪地漫爬著。而多年來，我們一直生活在流沙之上。

我擠蹭人群裡，同大夥默默抻長脖子，打量井似黑魆魆的窟窿。一如豔晴的午後，愣愣目送那片不知是酒紅、湖綠，還是檸檬黃的玻璃紙，漸漸化做一個遠行的光點，最後給嵌進藍天裡，懵懵懂懂，說不上惋惜，只咧開嘴傻傻笑著。

牛排

若朝東北方，沿著當時仍十分空曠、飄著異國風的大道行去，走得遠些，便可眺見路口那爿醒目的彩繪玻璃屋。

日照下，美輪美奐的琉璃窗散射翠璨光芒。那是當時頗高級的冰淇淋專賣店，炎夏消暑，除了平民的棒棒冰、雞蛋冰和枝仔冰，偶爾小瓢小瓢嘗啖精緻盒裝的福樂冰淇淋，即是奢華享受。電動門叮咚敞開，冷氣撲面而來，天花板垂吊同樣鑲著彩虹玻璃的燈罩，昏曖中，年輕男女並肩坐在美式高背皮沙發上，嗦著純濃的香蕉調味奶、沙沙冒泡的冰淇淋蘇打，或用水晶湯匙舀著雪綿綿的櫻桃聖代……。不過我們不曾在那用餐。我豔羨地窺看四周，羞怯怯蜷起露在拖鞋外的十根腳趾頭，牽緊爸爸的手，在臥式冰櫃前左挑右選，最後不外打包兩小盒巧克力或香草冰淇淋回家。

七〇年代，經濟起飛，各種舶來貨搶市，有陣子我和哥哥會坐在騎樓沙包上，一下午對著路上往來的行車，雀躍地指認品牌——賓士、BMW、福特、喜美、標緻、雪鐵龍……，偶爾一台暗灰色裕隆仔噗噗蹭來，我們便意興闌珊地目送它遠去。吃西餐也是極時髦的事。大型牛排館如雨後春筍冒出，敞亮店頭、閃熠的金屬刀叉、劈里啪啦噴嗆的鐵板牛肉、蓬軟的奶油麵包、大杯冰紅茶，以及撒上幾顆黑胡椒粒的玉米濃湯，對鮮少上館子的我們而言，簡直是豪華大餐。

位於冰淇淋店旁的孫東寶牛排，便是鎮上第一家連鎖西餐廳。一回，媽媽拗不過我和哥哥黏纏，終於掏了張五百大洋讓我們去打牙祭。那是我第二次吃牛排。兄妹三人沿著日光大道，來到新嶄嶄的孫東寶牛排，走進氣派大廳。穿黑背心、繫紅領結的年輕服務生領我們至座位，捧著菜單上前。我掩不住興奮地東張西望，啜著檸檬水，像個鄉巴佬把白紙巾塞在領口。服務生問我們點什麼，哥哥挺直腰桿詳閱菜單。沙朗牛排，他說。輪我時，我依樣畫葫蘆地左瞧右看，然後抬頭向服務生指名，菲力浦牛排。忽地我望見對方臉部抽扭，脖子上醒目的紅領結像朵花窣窣抖顫。我一時獃愣，莫明所以。

跟你出來吃飯眞丟臉……。服務生離去後，哥哥垮下臉氣忿忿說。我雙頰漲紅，抿緊嘴，心底著實委屈。那頓難得的饗宴就在烏煙瘴氣中，食不知味地度過，草草塞進肚裡。

爸生病後，時常週末便帶我們全家上牛排館用餐。我像從前一般，興高采烈點著菜，猛灌冰紅茶，大啖麵包和玉米濃湯。爸爸瞇起眼，面帶微笑覷著我們，叉起小塊牛排，一口一口慢慢咀食。我知道那日漸隆腫的肚腹已無福消受，便咧開油膩的嘴一逕傻笑，感覺所有食物雜燴好似全鯁在了喉頭，難以下嚥。

同年，股市崩壞，自萬點重重摜落，我經常陪爸爸守在收音機旁，拿著紙筆謄抄，一上午反覆聆聽那誦經般喃喃的報價聲。融資斷頭，生意慘澹，爲了開源，爸爸在店門口訂製一座玻璃櫃，進了批五金零售。地下室堆滿一盒盒鐵釘、螺絲、鉗子、砂紙、電火布與粗麻手套……，寂靜午日，我晃著拖鞋坐在櫃檯後，等待客人光臨。不過那些終究成了囤貨，在溼暗地底，散溢受潮的廢五金氣味，漸漸爬滿黑鏽。

十五歲時，店鋪收攤了，一如每天傍晚打烊，我總搶著拿長鐵勾拽下一扇扇捲門，聽它們轟地聲暢快掩上。只是這回再不曾揭起，我的童年時光也默默揞熄，深鎖在那重重拉下的鐵門後。

店鋪前邃靜的長廊，玻麗獨自在沙堆上流連滾耍，從此一去不返，也是在那廊簷下，百無聊賴的雨天，我和阿文趿著拖鞋滑冰，卻不小心蹬脫髖關節，因而永遠地錯位了。

生命中無數電光石火，一如炸開的紙炮、碎散的琉璃、坍倒的馬賽克骨牌……，只爲那片霎綻放，因崩壞而美麗。然而，所有花火不過是視覺殘影，在迸綻瞬間，已然消逝無蹤。

19 阿文

根本文具行是小鎮不可或缺的商家之一。店門口掛著一塊墨綠色「郵票代售」的鐵牌，廊簷下，擺了幾台玩具扭蛋機和小美冰淇淋櫃，矮舊的瓦楞平房裡，則塞滿各款最時髦新鮮的玩意——日本進口自動鉛筆盒、卡通公仔、模型飛機、遙控車、布袋戲偶、任天堂掌上型電玩與紅白機……，櫃檯後還有閃著綠光的Canon影印機，及鎮上第一台烙有彩虹蘋果商標的電腦。

它也負責小學自修和試卷代訂，經銷各種節令與課程用品，比方星象盤、香包、直笛。我頂記得每年四月，文具行會購進一批小三自然課必養的蠶寶寶。方扁的大紙盒中，黑斑未退的幼蠶密麻麻蠕爬著，底下桑葉給囓出點點的洞，勾黏著黑色蠶沙。放學後，小學生鬧哄哄圍攏門口，探頭挑揀，老闆娘畏懼毛蟲，皺起眉退避一旁，我便自告奮勇幫忙販售，小心拈起一隻隻綿軟搐扭的蟲體，分裝進扎了孔的小紙盒裡。

阿文是文具行二兒子。是我記憶中（甚至未能記憶時），生命裡第一個朋友。彷彿一睜開眼，清朗的日光灑落，他便在那兒了。同齡的我們幾乎天天膠黏一塊，騎車、爬樹、翻牆、打架……，形影不離。每當文具行新貨入荷，我也總能搶先試玩。某年暑假，我和阿文成日泡在他家店鋪後溼暗的小房間，吹著冷氣，癱躺床上，手中捏握控制盤，昏天暗地玩著泡泡龍、小精靈、彈珠檯，以及當時最火紅的瑪莉兄弟。

小學我們還曾同班兩年。不愛念書的阿文常吃竹筍炒肉絲，上課被罰站，考試吊車尾，於是每天放學，我便同他一塊寫作業、背課文，重新講解每道數學習題。月考時撩起（或垂下）試卷一角，課堂上，用口水偷偷塗改習作答案，護送他安全過關。

然而在另一個世界，阿文卻是箇中佼者，早先闖通關，等候蹩腳的我跟上他的步伐。那是溼暗幽閉的下水道，遍地轟隆隆冒竄鋒利火苗，沿途開滿了毒菇與食人花，毒菇一張一縮，食人花喀喇喀喇反覆開闔鋸齒。半空中，眾多雲龜武士來回飄移，下蛋似不停扔投龜甲炸彈，硝煙和火光四起。只見穿紅衣的水管工人瑪莉歐疾速躍進，伴著輕快的機械樂音，飛身頂撞磚塊不斷囊獲加分金幣，俐落地踹踏烏龜，再撿起龜殼擲向迎面湧上的敵人，沿途吞進加台菇又多加一台，吃到無敵星變得更無敵。可一身湖水綠的助手路易卻遠遠落後，一路踉踉蹌蹌，忙不迭閃避火球菇與鐵鎚使者甩出的飛旋榔頭。

那是一個與現實恰恰顛倒、夢一般的境地。曲折的地底水道如枝梗歧岔，通往各種奇異場景，火海、刀山、暗黑與冰封嚴寒的世界……，在那窄小屏幕裡，人人成了百戰不死的英雄，不斷搏鬥、脫逃、增補和晉級，隨著捲軸式背景不停前行，即便陣亡了也可以重來一遍，就像一場永無止境的冒險。

沒有終點的旅程。近來我床頭又擺著村上的《國境之南，太陽之西》，每晚睡前，闇默夜裡，蠶似蜷起身軀逐字逐句咀讀。每隔幾年，我便要從書櫃中抽出這本書，翻開舊黃書皮，再一次溫習。

——你想，國境之南究竟有什麼？

——好像有什麼很漂亮、很大、很柔軟的東西。

——很漂亮、很大、很柔軟的東西……。那可以摸嗎？

——我想應該可以吧。

——太陽之西呢？如果什麼也不想地朝著炙烈的太陽沉落的方向一直走，會走到哪？那裡有什麼？

——不知道啊。可能什麼也沒有，可能有什麼也不一定。總之，那是和國境之南很不一樣的地方噢。

像始與島本，我和阿文也是那種宿命的相識。在我們混沌初始之際，世界尚未閉闔前，便互相流注，融糅並凝固成彼此的一部分。一如島本微跛的左腳，是最私暱、裸赤的那部分。長大後，則好似不得不擘裂開的同卵雙胞，各自熟成獨立，但因對方的存在，不致感覺太過孤單，只要想到了小時候，彷彿身上所有刮損與褶痕都被輕柔地熨撫了。

每每讀到某些段落，我總要闔上書本歇息，靜靜揣想，和阿文重逢的那光景。也許在繁華的廢河道市集、黃昏廊簷下，或城市莫名的狹小巷弄裡，一個轉角，便出其不意又極尋常地碰了頭，同樣宿命性的遭遇，像昨日才揮手道別。會有這麼一天吧？倘使那時刻到臨，又將是怎樣的境況？我的心是否如風撼慄？……不過無論哪種場景，我腦海始終只反覆演繹相同的情節——趨前擁抱他，放聲號哭。

然而時間漫漫流去，想像中的巧遇並未發生。幾度上網搜尋他們兩兄弟，一筆資料也沒有，如茫茫雪地未曾留下任何印跡，彷彿阿文並不存在這世界。困滯中，驀地我腦海閃現某個念頭，拿起手機，試著拼湊記憶裡朦糊的數字，撥出二十多年前根本文具行的電話。

第一通是空號，第兩次撥打，電話竟就接通了。話筒那端傳來一男子粗沉的嗓音，午後兩點，背景有些嘈雜。

「珍富快餐。」對方似乎這麼說。

「你好，……是根本文具行嗎？」我硬著頭皮問。

男人愣怔了一會。「那個已經沒有囉。現在是珍富快餐。」

「哦，這樣……」我有些窘急。「那你知道他們搬去哪嗎？」

只聽得男人一面招呼著廚房，漫不經心說：「知道啊，我跟他們租的房子。你們有認識嗎？」

我抄下號碼，道謝，掛斷手機。比想像中輕易許多，像打電話訂了份快餐那樣。我反覆讀了幾遍，撕下字條對摺放進口袋，從臥室走至廚房，轉開水龍頭，洗了杯子，順手刷淨水槽。水流嘩啦嘩啦。大兒子好像怎麼了，所以現在管事的是老二，男人說，不過他老是很忙的樣子。

傍晚，帶玻麗上河堤散步回來，吃過飯，蹴坐客廳沙發，我猶豫了許久，終於按下鍵鈕，發出一通簡訊。

——是阿文嗎？

回房裡，躺靠床頭，又翻了幾頁書。闔上書本，捧放胸口，回想從前布袋戲風靡之際，阿文的哥哥一手轉著史豔文，一手丟甩藏鏡人，在被單拉起的布幕後瑞氣千條地舞弄著……，那雙閃熠的、赤熱的眼神。直到晚上九點，手機猝地顫響，我心一震，自床上彈坐起。

——對，你是？

——我是小雪。

顯得長冗的空白。屋裡靜落落，彷彿塵埃都暫止飄擺，等待著。

——怎會……這麼突然出現？

——不突然。我想了二十年。

頓時一股酸澀湧嗆鼻頭。終於我們對上了話，如獨自漂流大洋的船，塵封的無線電接發器黷黯中倏忽茲茲作響。生命的輪軌藉著簡短幾個字再度卡接上，身體裡，似乎有什麼喀啦喀啦緩緩轉動起來。只是在望不見的螢幕彼端，眞是從前那個阿文嗎？我同時覺得有些暈恍，載浮載沉著。

——你好嗎？

——還過得去。你呢？

——老實說不太好……

——結婚了吧？有小孩嗎？

——沒有。

——怎會，年紀也有了呀。

——是啊。

——不知你現在什麼模樣？

——見個面方便嗎？

——當然呀。

週五傍晚，我們相約捷運站附近的露天咖啡座。遊客如織，傘棚下坐滿了人，曠闊的空地上鬧紛紛，幾個孩子吹著泡泡，一顆顆圓亮飽滿地飄浮空中，四周風景映照上頭，雜糅成流離的彩影。狗兒嬉戲奔逐，一群人圍攏路燈下，觀看外國街頭藝人操弄懸絲木偶。廣場中央，彈吉他的男孩正哼唱經典英文老歌，輕輕勾撥著妍暖純淨的黃昏。

我早一小時到，在廣場兜了圈後，沿僻靜的長堤漫步。河風吹送，夏日迫近尾聲，年假也不知覺過去大半，好似小時候驀地驚覺炎陽般漫漫迢迢的暑期，轉眼已然倒數計時，餘剩一抹淡薄光影，內心生起的倉皇與悵惘……。遠遠望去，海口處夕照斑駁，河面跳踉著粼粼波光。

——我到了。你在哪？

已過約定時間，那延遲的一刻鐘反讓我肩頭鬆垂許多。我往回走，邁著沉靜步履，回到喧噪的廣場。天色又黯了些，群眾或坐或站在風裡聽著歌，波流人海中，宛如一凝佇的石礁，我一眼便認出阿文。他挽著脫下的西裝外套，捲起白襯衫袖子，肩揹公事包，張望著。

歌者正唱起披頭四的〈Yesterday〉，像陣陣海風鑽入耳殼，粗粗澀澀刮磨著。阿文看見我，愣怔了會，淺淺一笑。飄颻的吉他聲中，我們緩緩向彼此走近。

我十指攥著斜過胸前的背帶，間隔幾步之遙，與他相對。風捲著衣襬和髮絲。

「你長好大了……」阿文搔搔頭。「好奇怪的感覺哦。」

「何止長大，都開始變老了。」我笑說。終究沒伸手擁抱他，一切已遲到太多。

等了好一會，方才尋著位置入座。最後一抹殘陽如細柔的黃絲帶靜靜披垂桌面，我們各自點了冰咖啡和熱咖啡，在嘈雜人聲中，接收著斷斷續續的電波。

「現在做什麼呢？」

「在遊樂園裡工作。」

「是喔，我小時候也想當碰碰車的操作員呢！一定很好玩吧？」

「因爲是工作啊，所以沒有想像中那麼有趣。你呢？」

「我呀，」阿文啜了口飲料。汗溼的鬢髮已霑染些許白霜。「之前當過幾年郵差。」

「眞的？」我驀地想起了雪世界，那孤自佇立的紅色郵筒。腦海也浮現阿文身穿墨綠制服在雪地上矻矻行走的模樣。

「那時候，每天一大早進到支局，先要分信、排信，然後出班，挨家挨戶投遞。下班前得再繞著相同路線，一一打開郵筒收集信件。不是頂著大太陽就是風吹雨淋，還常常被狗追。有一天突然覺得好累喔，好像一直在打轉，不想這樣繼續下去，就把工作給辭掉啦。」

「是喔，總覺得郵差是蠻特別的職業。」我攪著咖啡，說：「遞送別人的故事，工作時心情也會不一樣吧。」

「哪那麼浪漫呀。現在寫信的人少了，有時我打開郵筒，發現裡頭還是空的呢！而且每年中秋有送不完的柚子，到了三月，看見國稅局的補稅通知如雪片飛來，大家的臉比制服還綠。」

我笑了笑，捧起已溫涼的紙杯。此時，吉他男孩正哼起另一耳熟能詳的名曲，〈Yellow Submarine〉。我側過臉，凝睇著。

——我們都住在黃色潛水艇裡，朝太陽的方向啟航，我們的朋友全在艇上，就住隔壁而已。大家都不缺少什麼，蔚藍的天，碧綠的海，就在我們的潛水艇裡……。我記得歌詞約略是這樣。

「上次你說過得不太好，我大概猜得到是什麼事。」

「嗯。」我回過頭來。

「你知道嗎，小時候我常幻想有一座島，島上只住著我們兩家人，跟從前養的一條小黑狗，還有一間沒人看管的雜貨店，裡頭有吃不完的王子麵、辣豆乾和燒酒螺。

像放不完的暑假一樣，每天我們就在島上騎車、游泳、曬太陽……。那大概是那時的我，覺得最幸福的生活模式。」

「你好像從小就愛這樣胡思亂想。」

「你還記得以前的事嗎？」我挨近身，問：「正想聽你的版本呢，或許我們的記憶有出入也說不定。」

阿文啜著飲料，敧頭想。「老實說，大部分我都不記得了。」

我沉默了會。「那，中山堂圍牆旁有棵冬青樹你記得嗎？」

「冬青樹？沒什麼特別的印象吔。」

我覷著阿文的眼睛，默想，既然他遺忘了樹，自然也不記得從前大夥爬樹翻牆時，他總會回頭拉我一把，並在牆的彼端伸長手接應的光景。當然也不復記憶，曾和欺負我的男同學在冬青樹下扭打一團，制服給滾滿枯枝爛泥，這類瑣屑而無謂的事吧……。

「人不能一直活在過去，」阿文說。「你要向前看才是。」

廣場響起熱烈的掌聲，男孩靦腆地點頭致意。我忽忽醒覺，在無聲無息中，每個人都扎扎實實長大了，就像一場午後的躲貓貓遊戲，同伴們全汗涔涔地回家吃晚飯，揹起書包上學，繫好領帶出門，結婚生子……。夕照斜迆，偌大的廣場靜默默，獨剩我縮藏闃暗的角落，直到太陽西沉，依舊沒被發現。

「也許你說得對……」我端詳著。眼前的阿文只是長相放大了，眼褶邃深，眉宇依舊俊麗，性格也和幼時相仿，可一旦抽離往日時空背景，我和他便成爲再無干係、牆裡牆外的人了。如今我們的世界已完全密合。

我不禁憶起從前玩紅綠燈時，每當我氣喘吁吁喊出了暫停，總篤定地待立原地，瞇起眼，睨望豔日下滿場飛奔的阿文，跂盼他來觸點我的背，破開身上封印，鬆除將我箍緊的魔咒。有時，我甚至爲了領受那如解穴般的奇奧儀式，而甘願自縛。

「以前玩水管瑪莉，我老在第八關陣亡，好像死穴或罩門，怎樣都破不了關。現在的我大概就是那種狀況吧。」

那是通往海底世界的下水道。靛藍而幽寂的深海，路易憋著氣，像隻旱鴨子撥划四肢，奮力泅泳。地殼不斷冒出雪白泡泡，難纏的鐵鎚龜也追擊至海中，來回游弋。一艘破舊沉船就靜置前方關口，裡頭鎖藏了星星寶箱。路易一邊踩踏氣泡躍升，一邊躲閃榔頭，以防中伏或掉落那一道道邃暗似無底洞的海溝裡。

像卡陷的齒輪喀喀地磨跎。捲軸式風景不斷、不斷自身後流過，轟炸龜甲、毒香菇、火球與金幣……如漫天暴雪迎面襲來，路易踢蹭雙腳，焦急奔走著，卻始終只在原處蹬跳，未曾眞正前行。

「這是我現在的工作。」阿文從皮夾裡掏出一張名片。

我接過，翻看。上頭用金字氣派地燙印著某某禮儀服務公司。

「人生本就無常，世界每天都有不幸的事發生。我們這一行的職責所在，就是協助人們完成『告別』大事。處理它，然後埋葬它。」阿文轉著手中紙杯。「大概因爲這樣吧，就像醫生看輕生死，我們看淡悲傷。」

我睇著那張名片，食指挲摩凸起的字體。

「人最終都要放下的，不論好與壞，願意或不願意。所以記住，不要回頭看，不要挖已經過去的東西，日子才能順利地走下去。」他定定覷著我，說。

入夜了。無論夏日再長再炙烈，終究要落下。路燈不知何時已點上，一盞一盞漁火似在晚風中晃搖。夜霧自河面升起，河岸，人群依舊留連不去，歌聲在空闊的廣場飄捲。

「能不能找一天陪我回去一趟，就當最後的告別？」臨去前，我提出了請求。

「可以呀。」阿文點頭允諾。「我也很久沒回去走走了。」

我們互道再見，轉身，踏上各自的歸途。清澄夜光下，我驀地停佇腳步，回過身，靜靜睨望阿文離去的背影。目送那個總會守在下一處水道入口，耐心等候我跟上的夥伴；與我並肩迎戰庫巴魔王，眺看勝利煙火的最佳拍檔，一步一步，長成眞正的大人，挺直腰、揹著公事包匆匆赴前，穿越人海，漸行漸遠。

兜售玩具雜貨的小販收起攤子。最後一簇七彩泡泡盪過眼前，繃彈薄透的表面張力，乘載了最極致美好的過往風景，輕盈絢轉著，漂流著，然後一顆顆悄沒聲崩散，消融夜色裡。

我想起養蠶那一年，每天總寶貝兮兮抱著打了洞的鞋盒，細數裡頭一顆顆雪白飽滿、已進入蛾期的繭，盼著牠們輕輕抖顫蛹身，逐一蛻變，破開。唯獨角落底，一粒稀罕且略小的淡黃色蠶繭始終不見動靜，遲遲未掙出。結繭是成長的過程，絕多數將脫蛹羽化，少數不會。牠死掉了，阿文言之鑿鑿地說。但我知道那蠶寶寶其實還活著，像被層層厚雪圍裹住，在闇默中，蜷起青白綿軟的身軀，孤獨地、細弱地呼吸著……。那繭是牠的束縛，也像一艘夢想的黃色潛水艇，是最後的庇護。

20 雪風暴

我走出了雪森林。

四周不再是濃蔭蔽天、宛如尖塔群立的聳峻冷杉林。那身上覆滿粹白翎羽，守衛著森林的雪貓頭鷹也不見蹤影。又獨剩我一人杵立空落落的雪世界。灼亮天光再度迎頭倒瀉，舉目所及，依舊白漫漫一片，雪地霜氣似乎更濃更冽，彷彿有什麼持續蘊積，熱煙般燒滾著。

風獵獵地吹，雪悄沒聲飄降，刺骨寒清襲逆而來，感覺自己像塊僵硬而繃緊的冰磚，劈里啪啦脹裂開。我拄著槳，拖沓鞋跟，一步一步茫茫地走著。周遭地勢頗高，兩傍峰巒挨疊，皚白山頭光爍爍，而我正置身一曠闊的谷地。

風勢續強。像一彎一彎鐮刀刈過肌膚。天空忽地吵吵作響，原本的鵝毛細雪轉瞬凝集成一粒粒冰雹，啪嗒啪嗒摔落地面。那雹如小顆彈珠擲擊而來，我無處可躲，只能抱頭屈蹲。雪開始傾盆倒下，隨風紛飛，山坳間並發出陣陣鬼哭神號的嘯鳴。漫天花白，伸手不見五指，我弓緊身，伏跪著，幾度讓暴風給掀翻，在雪地爬滾了幾圈，又勉強掙起。

雪越積越多，沉甸甸壓疊身上，陷沒雙足，幾乎快將人掩覆。算了吧……，我嘆口氣，驀地想。索性鬆放四肢，像根斷木讓風颳著、捲著，最後倒坍在雪堆裡，微睜眼，望著銀璨璨的天空，落雪雰霏，宛如朵朵飄墜的小白花，化作一灘灘冰泥將自己葬埋。好美的雪啊，我恍恍地想。

忽然間，猶如一陣風來去，雪戛然停歇。四周寂靜無聲。

我渾身冷顫，只得撐坐起，曲著僵凍的指節，剝去身上雪塊，又踉蹌爬起。風暴過後，眼前的雪世界一派涳茫，煙埋霧鎖，如陷哀絕之境。哀絕之境……，除了雪，再無一物。像是堅固的沒有破口的結界。原來白還能更白，比死亡要冷酷。我尋著木槳，支起刺痛雙膝，在滑腳的冰面上跋涉，像滔滔白浪裡一瓢載波的孤舟，顛蕩划行。

靜蕩蕩的山谷。寒氣盤陀，牽纏著，好似輕颺的幃幔飄拂身旁。我緩步前行，在撥開層層迷霧時，眼底倏忽閃現那白幃後頭乍掩乍洩的總總暗影——緊脹的黑布鞋、灰涼雙瞳、止靜缸底的熱帶魚、滲入磁磚縫隙的黃稠屍水、逐漸消融變形的冰塊……。我停下腳步，眺望天際。爸，我走不出去，我被困住了，一個人困守在這冰寒的世界裡好久、好久。

風在坳裡打旋，四方山崖一如回聲壁，颼颼、颼颼拖沓地響。我突發奇想，圈起雙掌呼喝，那聲音便好似漣漪在山谷悠悠蕩開，於是我深吸了口氣，向著空闊雪地，吶喊出那日當摩天輪緩緩攀抵至高點，許下的願望。

我——想——回——到——小——時——候——，我喊著。我——想——回——到——小——時——候——，再次使勁氣力吶喊。

回音嗡嗡地傳盪，一毬毬白濛濛的霧氣在眼前漫開。我想起從前揹著書包走在晨曦初綻的街上，手裡提晃便當袋，一路掛念那日飯盒裡難得裝盛的海鮮炒烏龍或最愛的新月炸排骨；遠足前一晚，在床上翻來輾去，幾度躡手躡腳起身，將塞滿旅行袋的乖乖、鱈魚香絲、蜜豆奶與七七乳加巧克力，一一掏出再重新打包；考得第一名，爸爸帶我去電器行選了台小粉紅收音機，我買來蔡琴和李碧華的卡帶反覆聆聽，午後躺臥涼爽的榻榻米上逐細調轉頻道，不論吃飯、上廁所和睡覺，到哪都拎著它……。

一幕幕白色迷濛的幻影，如口中吐出的溫熱蒸散冷空氣中。一絲暖意瞬即凝凍、墜跌，那喊聲也讓風颳遠了。我微喘著，喉嚨深處又發出陣陣怪異的、乾竭的嗚嗚。

雪慢慢沉澱下來，風也漸息。遠遠，一團薄霧中，好似有什麼影影綽綽跳晃著。一隻毛茸茸的灰綠色動物搖擺長尾巴，朝我這蹦蹦躂躂而來，肩上還扛著一只郵務袋似的包裹。我直覺地聯想到出現在《少年Pi的奇幻漂流》裡，那綠茵茵神祕海草島上，成千成萬隻圓睜著眼、面向太陽拱起前肢，凝睇著遠方的狐獴。

牠緩緩靠近，穿透迷霧，形影越來越清晰，直到停佇我跟前，溫馴屈坐著。我張愣嘴，有些難以置信地俯瞰牠。

「……是玻麗嗎？」我脫口問。

是了。那肯定是牠。眼前的玻麗不只長大，也變老了。從前烏亮如墨的毛色褪成灰綠，鬍鬚花白，老眼汪汪，身上、臉上覆滿雪霜。牠嗚嗷了兩聲，霍地踮起後腳跟，站立。

我輕挲玻麗的頭，顫巍巍擁抱牠。你長好大了……，我喃喃。那溫熱精瘦的身子讓我憶起了牠幼時模樣——某個燠悶午後，我站在浴室一角覷著黑黑小小的玻麗，骨碌一雙無辜大眼，渾身溼津津、滑溜溜抖簌著。白霧蒸騰，水花碎濺，牠膽怯而乖順地在爸粗糙大掌中蠕來蹭去，彷彿受洗似，完成生平的第一次浸禮。

「那是信嗎？」我指了指牠背後鼓脹的布袋。玻麗沒回答，只仰望著我，一逕搖尾巴。

然後牠使勁抖甩身上的珠霜，負著重荷，轉身奔跑幾步路，佇足，回望了眼，便又噠啦噠啦晃著尾巴走遠，一點、一點隱沒霧中。

我看著牠逐漸消融的身影，在寒風裡，眼角微微溼熱了起來。

21 舊家

格局狹長、占地七十坪大的舊厝，是家中首購宅，也是居留過最久的處所，它終結了過往四處流徙租賃的生活，且收容我多數的兒少時光。每天傍晚，店鋪打烊，一家口便乘著藍色小發財，哐啷哐啷，迎著颯爽的風返回住所，如此多年來去，像是行星轉運的輪軌，在寧謐夜空，日常而安穩地迴旋著。

舊家地處偏遠，人車罕至。門前綿池著一道土夯矮堰，堤堰下，沿著兩旁豐沃的河川帶，則是一壟壟耙掘得方方矩矩、栽植了形色瓜藤蔬果的耕地。印象裡，陽光總是那般灼眼，烙疼皮膚，就連夏颱襲捲也要轟轟烈烈、潰流成災。後門處，一株拔高的芒果欉大傘似遮覆著屋頂浪板，枝節錯雜，旭日下，墨綠葉縫間小眼撲閃，隨風眨動，每逢初夏，樹冠結實纍纍，媽媽便採收一些醃作芒果青，糖漬後冰鎮，爽口甘脆，又酸澀得教人舌顫牙麻，涕淚竄流。

不過推開紅漆斑駁的大門，走進房子裡，則是迥異的光景。那曾作爲小型動物園的老公寓，屋形矩長，隔間左右錯立，餘剩一道曲折探不見底的迴廊，雖然中段鑿開一窪天井，但終年陰晦，白日也詭魅森涼，在豢養的動物相繼撤離，更顯靜蕩冷清。

它過去曾是間成衣工廠，發生職災後，媽媽在不知情下以低價購入。小時我們從未耳聞這段歷史，不過那屋子透出的古怪氛圍便足以教人莫名寒慄，傳言不脛而走。據說工人就斷魂在鐵皮加蓋的後陽台，日後那脊鰭撥甩、鱗光流爍的錦鯉池所在。

位於一樓的店鋪與舊家分別有個地下室，長期溼氣沉滯，陰陰幽幽，滲著一股陳年蒼涼。店鋪密室摻雜廢五金的鏽酸與寒氣，由於屋前放置了兩具大水族箱，舊家的則飄溢黏鹹海潮味，經年不散，彷彿底下悄悄囤聚著、晃漾著一座小海洋。

那氣味一路漫流，從前廳、長廊以至廚房，隨打氣幫浦噗碌噗碌散擴整幢屋子。我仰躺藺草編織的榻榻米上，日夜吸納上百片鮮紅鰓蓋歙張及黏滑表皮吐換的空氣，浮沉在人魚共存、海陸融糅的場域，彷彿已漸漸蛻成兩棲類，毛孔析出細簇的雪白鹽粒，一如長久來，渾渾地置身某個陰陽錯雜的結界裡。

見識過幽魂的是哥哥與小表弟。哥哥的兒時經歷已不可考，表弟的遭遇倒是我親耳聽聞。那年約莫小二的他來家中作客，晚上，一串小毛頭挨擠和室房裡呼呼酣睡，炎炎暑夏，紙糊的透光門扇半敞著。隔日醒來，表弟盤坐榻榻米上，一邊揉著眼屎，喃喃提起昨夜曾瞥見一白衣長髮身影飄過紙拉門縫隙。眞的……？當時我半信半疑，脊骨發涼。不過，那究竟是幼童的幻夢或眞實也無從佐證，只能納入靈異怪譚一則。

我從未目睹任何形象，只經驗過一些細瑣感應，不時聽見、嗅著或觸覺盤踅於周邊微不足道的騷動與攪擾。小時我極怕那條拐繞的迴廊，陰沉沉、涼森森，彷彿轉角處匿伏著什麼。某天我上完廁所，行經空無一物的走道，衣襬冷不防給用力往後扯，險些栽倒，登時渾身疙瘩悚立，踉蹌地拔腿狂奔。此後走在長廊便步步驚心，有段時日，連廁所也沒膽去。

還有驟然撲鼻的氣味。我的和室房正面向屋裡唯一對外窗，窗外便是那口直窄窄的天井，下雨時，雨滴滴答答垂降回字格裡，颱風天則積水成窪。微微光照自頂頭滑落，據說在風水學裡天井屬陰，可上通天路下達地脈，是藏風納氣所在。我想或許那就像一個時空的破口，不同維度在此交界，有的靈氣得以自由（或偶然地）切換、來去。經常我待在房裡，無風的午後，一股異味乍地襲來，漫溢四周，難以形容與歸類，彷彿眾多氣息雜糅一塊。後來我才知道，那便是死亡的味，香燭、銀紙灰、油餿與酸乳溷集，發麵似慢慢酵化、膨脹，某種喪家獨有的穢邪。

以及擺脫不去的鬼壓床夢魘。總是極雷同的情節——在夢裡被各種斷頭、披髮或青面厲鬼追纏而疲於奔命。我得以意識那是夢，於是夢外的我奮力踢蹬腿，但四肢癱瘓動彈不得，張大嘴呼號，卻像給掐住喉嚨，吶喊不出聲。百般痛苦掙扎，乍醒來，每每渾身汗溼，喉頭瘦啞不已。如此數年，幾乎夜夜不得安眠，彷彿墮入永劫世界，無止境反覆著夢中逃亡。

然而最令我記憶深刻的，是耳畔傳來的喝水聲。悄靜夜半，幾度我自沉睡中驀地醒轉，在夢與現實調撥之際，未睜眼（但已然清醒），便就聽見那熟稔的聲音。極清晰的吞嚥聲。我甚至能想見，水流穿過深闃的咽喉，咕嚕、咕嚕，一口一口緩緩飲下，像滑落無底洞似，溢出一種空乏的、無法填補的焦渴感，且近在耳邊。我閉闔眼，揪緊棉被，在暗黑中惶惶地僵躺著、枯熬著，直到不知不覺又囫圇睡去。

大抵而言，我所遇逢的靈異並不如想像凶惡，也不似傳聞具象，那也許只是一口聲氣、一股幽怨、一絲懸念或一瞬記憶，以各種形式破碎地遺留世間，偶爾不甘寂寞放閃著，或僅是長夜裡孤自徘徊，眷戀不去。

雖說心中抹不去恐懼，但也就這麼久住下來，彼此習常而無恙地共處著。我們也發現，舊家隱密的格局極適合玩躲貓貓或尋寶遊戲，曾經藏匿的東西有些憑空消失，拖鞋、襪子、漫畫與玩偶……，莫名沒了影跡，遍尋不著，像錯塞進祕密夾層裡或掉落時空的裂罅。幾次我斂手縮腳蹲踞衣櫥內，噤寂中，心底總隱隱不安，彷彿再不被發現，便從此侷困某個不再被開啟的櫃子，或給一口嗦入漆暗裡。

國三時，舊家大整頓，將所有老舊隔間拆除，重新砌磚粉刷。裝修期間，工人從敲除的牆縫裡掏出一窩老鼠。我和哥哥們湊頭圍觀，四隻軟綿綿、細白如雪的幼鼠，輕輕閉闔粉紅色眼皮挨擠著，看起來像正安眠，實則已全數死去。

不知是否因翻修緣故，沖犯或驚動到什麼，那一年，所有厄運就此撬開，除了八字硬的媽媽，其餘四人全躲不過災禍，衰事接二連三，如推倒的骨牌一路崩坍。

先是爸爸被宣判了死期。某日放學我回到家，見爸爸裹著棗紅色睡袍獨坐暗黲的客廳，握著筆，不知在紙上胡畫什麼，字跡散亂。爸，我回來了。我說。但他陰著臉繼續塗寫，沒有回應。那幾天家中因等待化驗報告而沉噤，我明白結果必定教人失望，悄步走進房裡，腦海盤旋著爸方才的形影。我想此刻他心中怨極。勞苦了一輩子，良善卻落得窮途。爸爸拯救過數條生命，沉斂寡言的他隻字未提，我多從長輩那聽來。據說小時他曾在河邊撈起自上游漂來的嬰孩（後來那娃兒竟也安然無事）；撞見鄰舍竄出濃煙，及時喚醒屋裡熟睡的一家人；有次行經舊家偏僻路段，伸出援手，載送車禍路倒的傷者就醫。那日下午，我還見他接了桶水，默默擦拭座椅上的斑斑血漬……。老天瞎眼。當時我詛罵。

緊接著年終，輪我大難臨頭。除夕圍爐，家中氣氛慘澹，爸爸便命我們去唱片行買賀歲卡帶。大哥騎著新機車載我前往夜市，途中，行經十字路口左轉，對向一台小貨車便迎面撞來。我整個人飛彈起來。呈拋物線甩出的片霎（但感覺頗漫長），我腦中只浮現兩個字，完了。那猛烈的撞擊與彈射力道，讓我暗驚這天眞是要完了。結果下一秒，我砰地正面落地，且雙臂恰恰遮護著頭臉，隨後兩腿重重摔打柏油路上。

肇事的是一對裁縫夫妻。大夥全圍攏上來，試圖將我扶起。我站不起來。我哀號，兩腿震麻。哥哥表情痛楚，抱著手（那時他已骨折）趨前探看，檳榔攤老闆娘也自對街奔來。你把我嚇死了，她揞著胸脯說。然後那夫妻塞給我們兩千塊，說趕著幫人做衣服，匆匆駕車離去。哥哥掛了通電話回家，兄妹倆便在颼冷的夜裡倚坐路邊，各自捱著痛，呆望檳榔攤一閃一閃的霓虹燈，等候。

爸爸趕來了。一個月的新車幾成廢鐵，他控著歪敧的龍頭，半騎半牽載我和哥哥就醫。父子三人挨擠破爛車上，一路鏘啷哐噹顛頓而行。除夕夜，街頭有些冷清，風澀澀刮磨肌膚，森黃的路燈晃搖，我窺覷前方爸的側臉，只見他揪起眉，抿緊唇，在闃寂冬夜裡靜靜蹭行。

那日因身上裹了層層冬衣，我僅是雙腿嚴重挫傷，筋肉黑紫腫脹成兩倍，打著膏藥在床上躺了七天。不過劫難尚未休止，數月後，我再度迫臨生死關口。

那年暑假，高中聯考完，我和幾個同學相約海邊戲水。豔晴的午日，海邊人潮不多，我們租來黑色橡皮圈，乘坐上頭，牽起手，一面聊天、曬太陽，愜意地隨波逐流。突然遠方哨音頻催，海灘那頭救生員不停揮手示意。我們環顧四周，發現不知不覺竟漂離甚遠，已達警戒線。怎麼辦？有人問。但海流繼續將我們向外推送，怎麼也划不回去。用走的，我沒頭沒腦說，噗通滑下泳圈。這一跳，便好似讓黑洞巨大潮汐力給拖曳進去，直往下墜。踩不到底……，我心一凜。然後，像隻海龜撥划四肢，我瞪著眼（卻全然不覺海水刺澀），呼吸系統自動閉闔，在海面浮沉，目送黑色橡皮圈漂向外海，眺見救生員全縱入水中，另一隨我躍下的同伴正驚恐掙扎……。就在浮水瞬間，我瞥見她的泳圈沖了過來，反射性抻長手，在它急速盪離眼前時，一把搆著。

我們勾緊救生圈。朋友嗆了水，神智潰亂，仍瞠大眼死命踢踹，幾乎要掀翻泳圈。不要動！我怒斥。日頭火燙，碎白浪沫潑濺臉上，在赤灩灩的海面漂流好一陣，三四個救生員才喘噓噓趕到。

返家後我隻字未提。直到暑期結束前，某天與爸爸在屋後澆花，寧謐的片刻，終究忍不住向他坦承這事。那日天有些陰，幽蔽的芒果樹下，我覷見爸面頰略搐動，握舉水管的手在空中頓了兩秒，水流噗嚕噗嚕冒洩，似乎想說什麼，旋又沉默，繼續澆花。我理解那一瞬的情緒，以及緊接而來的念頭，於是也噤口無語。

最後，命運的輪盤指向二哥。開學不久，某尋常上課日，家中接獲派出所來電，說二哥讓救護車送往學校附近醫院。那是場嚴重的車禍，兩台機車對撞，後座搭載的兩人一死一傷。媽媽趕赴醫院，直到晚上，才領了哥哥回家。我們枯坐客廳等待。二哥跛著腳進門，渾身傷，牛仔褲也給磨得破爛，最糟的是整張臉皮開肉綻，近乎毀容。從小眾人皆稱讚二哥長得俊，唯他遺傳了爸出色的樣貌，英挺的鼻梁，濃邃眼睫，高瘦身形。可那張教我妒忌的臉，眼下卻成了一幅膿腫的殘破面孔，像給狠狠砸碎、撕爛了似。

哥哥進房歇息。爸起身，滅了燈，也裹著睡袍緩緩走向屋內，瘦削的身影沒入邃暗長廊。整幢屋子靜落落，餘剩客廳邊角的水族箱透射幽光，魆黑底，噗碌噗碌吐綻著腥穢之氣。

爸走後，那些盤踅舊家的幽靈，不論是罣戀或咒怨，我再無所忌。從前課後，每每走在夜裡幽僻無人的堤防下，我總處處提防，膽戰心驚，但那時起，便只管直豁地走，不再左顧右盼，我想，就算有人猝地自暗處躥出，持刀抵住我的脖頸，我也不會吭聲。當時的我，連鬼神都無懼了。

暗澹的夜，經常我仰臥眠床，撐著眼皮，豎直耳，伺察周遭動靜。可屋子裡始終靜默默，除了天井偶爾的落雨，及屋外野狗低嗚，再無其餘聲息。我盯覷昏朦朦的天花板，微啟的門，守候。客廳掛鐘滴答流轉，不知爲何，一如給拔去插頭的收音機，我竟無絲毫電波感應。一切早杳然無跡⋯⋯。就像飄降夜海的雨，幽幽悄悄，在墜落片雲，便就流散、消亡了。

往後幾年，這屋簷下的一家人因求學、入伍或就職，亦如鳥獸紛紛散離。偌大的寓所，常餘剩我一人留守，穿巡迴廊間。後來，舊家也脫售，但入住不久，新屋主便撥了通電話來。房子不乾淨，對方氣急敗壞說。有個男人半夜把小孩叫醒，要他回自己家睡。媽媽緔著眉聆聽。黑白講，哪有這款事……。隨後掛斷電話，不再回應。

那屋裡曾收容數條亡靈。除了工廠作業員、奶奶和爸爸，許還有其他未知、如宿客來去的孤魂。據說日後它眞成爲街坊相傳的鬼屋，夜裡鬧得凶，道士也無法收拾。

搬離舊家後，我攏總轉徙不下十個居所，從此再沒一處地方，足以稱之爲家。至今我仍不時夢見那幢老宅，夢裡，巨大的怪手掘著屋頂，轟隆轟隆，黃土紛揚，我們一家口正在廚房啖著晚餐，砂礫粉塵不斷自頭頂坍落……。然而我已遷離許久了，那一磚一瓦崩卸的，其實是記憶。

我不禁懷疑自己也成了其中一剪幽魂，逶隨那些已然亡逝、早該寂滅的，流連不去，漫漫長夜，一再飄印蒼白而泛黃的窗紙上，永恆困守那條幽深的長廊裡。

某尋常午日，我的手機倏忽響起。那個同我溺水、也寄宿過家中一段時日的國中摯友，騎車行經舊家附近，特意繞進去探了探。不誇張，快四層樓那麼高，遠遠看到，嚇都嚇死了……。電話裡，她激動地形容著屋後那棵依舊健在的芒果樹。四層樓高的芒果老欉……，我閉起眼想像。就如《傑克與魔豆》裡不斷伸向天際的豆莖，靜夜裡，不可思議地抽拔、岔生，墨綠葉叢層層密密，莎莎、莎莎晃搖著，陽光再穿透不了，直到完全遮蓋了整棟家屋，暗無天日。

22 玻麗

一切像以流沙的速度崩壞。

玻麗走了。無病無痛嚥下最後一口氣。末了幾小時，牠闔著眼癱躺床上，規律喘息，鼻腔深處發出稠濁的呼嚕聲，像鬆癟的打氣幫浦唧吐著衰敗中的臟腑所溢出的腥穢之氣。在那寧和的過程裡，牠忽忽仰頭，望向牆面圓鐘，張嘴嗝逆，我以爲是乾嘔，輕托起牠的頭頸，霎時，玻麗便以那樣的姿勢，停格半空中。

毫無警示，令人措手不及……。縱然已是最慈悲的告別方式（連彌留也僅僅像熟睡著），但我畢竟太疏忽。我一向如此怠忽，在某些曲徑般歧出的莫名片刻，我情感便荒涼枯竭似沙漠，面對死亡亦如是。

週四玻麗開始拒食。我想牠看來並無不適，應只是挑嘴，於是拖過週六中午獸醫院打烊。週日，空腹四天，我開始焦急起來，前一晚的涮牛肉與雞翅皆不沾口，玻麗走路已皺皺倒倒，得讓人攙著。週一清早醒來，見牠在客廳撒了泡尿，失神呆立尿中，不知這樣站了多久。去電獸醫，討論後，開始餵食糖水，兩小時一次，傍晚把牠最愛的炸雞腿、烤半雞、牛肉漢堡全買回來，但依舊拒食。

晚上打了木瓜牛奶，夜裡全嘔出來。此刻玻麗已渾身乏力，僵著頸子躺臥睡墊，不斷揮動四肢，欲站起。週二，改半小時餵一次糖水。這是最末一線生機（不採行侵入式急救前提下），直到深夜，翻看牠的牙齦肉，奇蹟似地回復些許血色。也許會好吧，我想，便如此大意，在生死關口，仍貪睡了五個鐘頭。雖然獸醫交代作息可照常，但凌晨乍地驚起，發現裹在臂彎裡的玻麗軟塌塌喘著熱氣，已然奄奄一息。

我連忙以針筒汲取糖水，灌注，但水自咬緊的牙根滲漏出。玻麗不再吞嚥。我抱起牠彷若無骨的身軀，一撐提，便像繃脫栓子似，糞水啪啦啦順著手臂淌落。我怔愣，登時洩了氣，哀號出聲。

之後半日光景，玻麗就靜靜側臥床上。期間，陸續排出墨色穢物，直到肛口周圍都凹癟下去。我更換著尿布墊，反覆拭淨玻麗的臀胯、眼瞼，及嘴頰流淌的唾沫，每小時翻身、潤口，輕輕按揉皮肉（據說褥瘡兩個鐘頭便生出），牠偶爾伸懶腰似微微拱直前肢，一如平素酣睡時那樣。

我亦側躺下來，與玻麗相對。在那像深海般嘆寂的時分，一手圈抱著牠，貼靠乾皺鼻頭，嗅聞仍溫熱的微弱氣息。時間緩緩沉澱，我探出手，指梢輕輕滑過牠額眉的弧、冰涼的耳耷子、鬆皺毛皮，細讀每一塊瘰凸的骨節、跖掌、逐漸乾硬的腳肉墊……，再三背誦。玻麗眼皮略張，微微掀露那熟悉的眼色——濁白而空洞的瞳眸，結覆了一抹灰涼薄霜，內裡的靈魂與生氣宛如沙漏，不停潰退。

生命正從指縫間崩流，而我只能睜睜覷著，咫尺天涯，仍舊是無關痛癢的旁觀者。直到玻麗徹底抽離那一刻。尿水唰地洩盡，我最後一次爲牠瘦小的身軀擦澡，汰換墊布，之後渾身疲軟，像塌垮的堤道坍倒床邊，繼續愣愣睇著玻麗，許久。夕陽自窗口斜迤，淡淡金粉灑在那安睡的臉龐上。彷彿有巨大的什麼擲地鏗鏘地碎裂了，我清楚感覺到，房裡卻像消音的海底，幽沉無聲。

傍晚，我肚子餓了。將玻麗安頓好，道別，一如往常，拎著錢包鑰匙出門，趿拉鞋，在街上游蕩。街道看來昏濛濛，猶如浸泡水裡，所有景物微微飄晃著，人車緩慢地錯身而過。我來到經常光顧的麵攤前，停佇，向燈泡下不鏽鋼鍋爐後的老闆張口點餐，卻嗄地失了聲。喉頭緋啞，如一口滴水不剩的井，我艱難地、乾澀地發著音。

回到家，推開門，在玄關杵了會。屋裡昏沉沉，毫無動靜。玻麗仍安眠著。我走至廚房灌下大杯水，拆開塑膠袋，攪著糊爛的麵，時而轉頭探看玻麗。每每晃眼，總覺牠肚腹依稀起伏，上頭毛髮顫動，或跖掌輕搐。我幾度回望，屏息，像小時候玩著木頭人遊戲，試圖捕捉那時光忽忽頓足與堅巨的宇宙機器窣地鬆晃的瞬間。

我倦了。既不睏也不累，是像黯夜海潮陣陣撲襲而來的倦。疲憊是消磨悲傷的最佳方式，把感官全剉得灰灰鈍鈍，我感覺自己再度變成面目模糊的人。

下午聯絡了獸醫，他要我先送玻麗過去。天氣太熱。他說，但我堅持讓玻麗待家中過夜。絕不能將牠遺棄在孤寒的冰天雪窖裡，況且牠身體還溫軟著。我緊閉門窗，拉上簾幔，把電扇和冷氣開至最強，傍晚便這麼捱過。入夜後，微微屍臭自玻麗開始潰爛的嘴舌逸出，不知打哪竄入，約是垃圾桶中的穢物招引，幾隻黑色果蠅在牠嘴頰周圍盤旋。闃寂夜裡，我蹲坐床沿，盯覷，嗒嗒地揮著手裡的電蚊拍。

無眠的夜。我靜靜挲撫玻麗，親吻牠的眉梢、鼻頭，嗅聞生命漸隳壞的氣味。玻麗的身體已變得十分僵硬，有如一隻木雕狗，四肢甚至浮現了點點紫斑。明天牠就要自這世界消失。徹徹底底消失……。想到這，我便覺難以忍受。

最末的時光裡，我想玻麗並不認得我，在牠腦海中，關於我的記憶已然拭淨，我只是個給牠溫暖懷抱的陌生人，牠只是楞睜地蜷伏我懷抱。房裡極靜，全然漆黑底，我彷彿又聽見杵坐爸爸床榻邊的那下午，時間鐘擺撼晃而過的聲音。

無病無痛，壽終正寢。玻麗甚至沒有挨一根針。這是老天對我的補償嗎？或許是，但爲時已晚。

送走了玻麗。十七年積累，幾天就煙消霧散。遺忘一如崩洩的流沙，我已記不清玻麗存在的樣貌，牠的臉，牠的氣味，牠身體的溫熱及躺在我胸懷的觸感，都在快速塌落中。既難以證明牠已不在，也就無法證明曾經存在。那搗碎的骨渣、小撮毛髮，以及過往收集的落齒和片甲，拼湊不出什麼，什麼也挽留不了。

消失。不僅從這世界消失，從我的生活消失，有朝一日也將從記憶裡徹底消失。如今只剩玻麗滲漏枕頭上濃烈的唾液腥臭，我便夜夜這麼摟抱著，呼吸著。

直到外頭天漸漸亮了。我拉開窗簾，陽光投照在靜落落的床鋪上，風微微掀動布簾，空氣中浮塵飄悠。死亡，就是這樣一回事。

23 再去海邊

昏睡數日。身體一如吸足水的海綿沉甸甸癱軟床上。嘴角繃裂，辛刺著，口腔內壁蜂巢似千瘡百孔，牙床痠緊不已。

勉強爬起床，赤著腳，迷迷懵懵走至浴間。漱洗完，楞睜地望著鏡中容顏——塌癟的嘴頰、皺垂眼皮、鬆腫眼袋，以及數根歧出的白髮……，彷彿一夕蒼老。雙腳浮虛，不像行走於陸地，倒像漂游水中。

彎身拎起角落的水盆，步出浴間，走向廚房，在水龍頭底下搓洗，嘩啦嘩啦。盛了開水，走回浴室，放下盆子那一刻，才忽忽意識玻麗已不在這既成的事實。

盆中水輕晃著。如同燃燒後的餘燼、破脆的瓶器，或一輛闔上車門奔嘯而去的列車，不過瞬眼之差，卻無可回逆。一切都在往前推進，只有我像一隻斂藏暗處的黑貓，那瓢孤蹲角落底的狗碗，給遠遠地遺落於過去。

屋裡很靜。那些慣常的細碎聲息——嗦嗦的唧水聲、地板咯噠咯噠響、偶爾夢魘咕囔，和午寐醒來噹啷啷抖甩身體的輕脆鈴聲……，全給吸捲進黑洞似，魆悄悄，一派死寂。

陽光如昔。豔日下金燦燦的空闊草場、黃昏無人的河堤、街路上溜達的狗，與巷口的排骨便當店，顯得莫名生疏，彷彿從不曾涉足；每晚外出歸來，手裡拎著飯菜，不自覺加快步伐奔返家；獨坐書桌前，總下意識回望頭，探看身後的房門口或床鋪；幾回刷牙梳洗，依稀聽見風鈴似忽微的叮噹聲，箭步踏出浴室，在窄小的屋裡四處巡晃……。

但多半只是晴朗無風的日子。一如拾理過的旅館房間，淨空的桌面、平整的被褥、乾潔的垃圾桶。彷彿有什麼被硬生生抽換或清除掉，卻不著痕跡。心也像給掏竭似，空無一物。

突然想念起海。想念它的澄靜，沁入脾肺的清冽與潤澤。從未如此渴望那無盡寬闊，像柔韌的臂彎、沉厚的胸膛，輕輕將人裹覆，晃搖著，挲撫著，滌蕩所有傷痛。

晏晴的午後，我和晶晶水族館的小老闆再度來到了海邊。幾片飛羽似的卷雲劃過天際，散射雪亮晶芒，我們沿著迆邐的海岸線，嘩刺刺，一路往前奔駛。海風涮過鼻頭，彷彿探出舌就能舐著粉細鹽粒。小老闆穿著水藍色Polo衫，讓風鼓脹著，似陣陣海波翻湧。

車窗外，挾著白色泡沫的潮水堆迭而來，高高捲起浪頭，猛地拍襲岩礁，刨濺無數冰晶雪花。一塊岬角破出東北海岸，遠眺去，像極一尾擱淺的大翅鯨，身上嵌滿黑麻麻的節瘤，抻長臂鰭，唾吐氣沫，仰望著更迢遙、寬綽的遠方。

我們來到臨海一幢藍身白蓋的海洋生態館。走進館內，掩上門，呼颼的風與浪嘯便給阻絕於外。這地方是各種海洋生物展示區，裡頭靜幽幽，一格格大小不齊的水族箱環列、排比，宛如一座玻璃砌造的迷宮，但箱裡並不豢養活體熱帶魚，而是各類珍奇標本蒐藏。展覽室裡瀰漫一股淡淡的溷沌氣味。

光影折散，碎裂一地。一顆顆溫潤細滑、經浪潮自然拋磨的海洗石，殊形怪狀的螺貝，張揚作勢的蝦蟹，風乾的河豚、海星與龜甲，繁複歧岔的樹珊瑚和菊珊瑚，以及一幅幅鱗鰭分明、黑白相片似的魚拓……，整齊陳列著。

每幀裝裱的魚拓底下皆附注彩圖，對照其生存時的鮮活璨麗。

「為什麼熱帶魚沒有實體標本？」我好奇問。

「也是有的。」小老闆推推眼鏡。「只是乾燥後的魚體顏色會掉，必須以人工重新上色或噴漆，看起來較不自然。」

「原來如此……」

「海水魚是大自然最美麗的風景，無論色彩、鱗列或悠游的體態都是絕無僅有的。」小老闆又說。「可惜越美好的事物，越不容易留住。」

展示櫃上的標本，有乾製類，也有浸液類，其中一只玻璃罩裡盛裝著據稱是「海怪」的粉色肉臠，尖吻青蛙樣，趾間生有蹼膜，緊閉眼，嬰兒般蜷曲著，看來像某種早夭的謎樣生物。這些長年泡在福馬林裡的物體，顯得浮腫蒼白，好似一罐罐陳年藥酒罈或醬菜甕，浸沒凝止的時空。

我忽忽想起雪世界裡，那些緊軋冰體中紋理清晰可辨的花葉飛蟲，彷彿冬眠般讓積雪層層封印，於不同世代夾縫，分別的生命進程裡，展映著浩劫一瞬，最末的表情姿態，或者垂死掙扎。

「勉強留下來的，不管對哪一方來說都是極其殘忍的事。」小老闆對著玻璃櫃裡一隻撐得鼓脹的刺河豚說。

走出展示館，炎陽又迎頭潑落。我們來到了方才那塊突出的岬岸，站在大翅鯨背上。浪濤激湧，海面雪皚皚一片，風啪刺啪刺拍襲衣褲，岸頭小型暴雨飛濺，我環抱雙臂，瞇隙眼，良久，只是靜靜眺看遠方。小老闆雙手插褲袋，背微駝，與我並肩佇立，一同瞭望著海。

幾朵瑰豔的海葵倒蓋水面上，如花盛綻的觸手輕輕拍浮，波流著，有的像枝頭飄謝的山櫻、黃灼灼的向日葵，有的則好似初夏的雪白梔子，在浪湧中翻舞，煞是美麗。

「你知道嗎，海葵是一種很有意思的生物。」小老闆俯瞰那朵朵搖豔的水中花，說。

「牠們柔軟的觸手看起來好像特別容易受傷，但就像其他腔腸動物一樣，同時擁有十分驚人的再生能力。在日本海，甚至有一種海葵遭受攻擊而捨棄原本的觸手後，可再生出一套新觸手，並且每一隻脫落的觸手都會長成完整的新海葵。也因此，這種擅於自我療癒的簡單個體，也是地球上壽命最長的海洋生物，是海龜的數十倍。」

「看似柔弱，卻具有強悍的韌性。那大概是所有物種得以存活下去的最佳姿態。」

「不斷的受傷，不斷地再生，而不是武裝起自己……。你想告訴我這個是吧。」我微笑說。

小老闆瞇起眼，臉上也泛起淺淺的笑。「海葵還有一項特性，也就是大家所熟知的共生機制。」

「大部分的海葵在成熟後，會選擇一個處所定居下來，像是礁岩、碼頭、沉船或珊瑚等堅實的物體，終身固著在那，當作老家。或與某些海洋生物形成共生關係，比方寄居蟹會將牠們馱在背上，偽裝自己，拳擊蟹則把牠們穿戴螯上，就像一副彩色的拳擊手套，用來恫嚇敵人，海葵也得以藉此四處移動。」他比手畫腳起來。

「兩種截然不同的動物間建立起一種獨特的『鍵』，彼此依附生存。只有少數的海葵會像這樣，漫無目的漂浮海上。」

獨特的「鍵」……。我莫名又想起了《國境之南，太陽之西》，那聽來就像在妍煦的熱帶南方，始所說「某種很漂亮、很大、很柔軟的東西」。我看著身旁的小老闆，聽他神采奕奕地描繪，驀地想，我們之間是否也銜繫著什麼微妙關聯，是否也存在那樣的「鍵」？

碧藍天際，孤懸的卷雲尾端慢慢彎縮，變成一鉤昂揚的浪頭。那些由為數龐大的小冰晶組成的高空雲體，大約傍晚就會化作雨。這是今夏最末的豔陽了吧？我睨望那片光潑潑的浪雲，揣想。

那雲不久就要墜降，化為海洋的一部分。海，就是魚的眼淚，小老闆說，是世上所有滴淚匯流成的鹹澀。我睇著腳下溹溹雪浪，一波波湧起退落，像銀白色流光迴旋，晃漾。海洋包容了一切，那裡，就是全然的、再無所困的自由。我閉上眼冥想，瀲灩水面下那片無垠的幻麗世界——珊瑚卵如拂散的五彩花絮紛飛；一支支螢光傘似的水母撼著觸手，輕盈絢轉；霓蝶魚、皮剝魨和雀鯛在礁洞與珊瑚分枝間穿巡；巨幅海扇像一張捕夢網款款飄擺；數百隻烏尾冬舞著金帶竄游而過；千萬朵海葵好似翠璨的海底花叢綻曳……，邃暗深海，安靜地喧譁著，搖豔著，一如遊夢，也像一座繽紛歡樂的遊樂園。

那會是此生至極美好的時刻吧。所有已漂逝或脫漏的片霎風景，都將倒流，一幕幕如壯麗的、胸腹散發紅光的鮭魚群撥划銀鰭，乘著夏潮，啪刺刺晃動波洸逆行而來，是夢境之外，溯返既往的僅有途徑。那幽祕海底，是最末的希望所在。我幻想著，有什麼等在了那裡。

你會在那嗎？假使有天我縱入這海，像一條悠游的熱帶魚，張開臂鰭，抖甩尾翼，乘波而去，爸，到時，是否我將看見你自灼亮白光中巍巍走來（或許還牽著玻麗），伸出手接引我……？抑或是，除了黑洞般一片寂滅，那裡，其實什麼也沒有。

「我們被困在這裡了，對吧？」我縮了縮被海水濡溼的鞋尖。死生契闊，也是咫尺天涯。

「世界那麼寬廣，但我們哪也去不了……」我低喃著。

回程，天色漸黯，窗外一片橘子榨擠的紅。天空另一頭，月亮已悄悄探出臉，一輪渾圓鵝黃清月。途中我們下得車，在沿岸一處觀景臺賞月。原來今天是滿月大潮，怪不得海邊風浪格外強狷。

夕陽靜靜徜徉海平線，遠方幾艘漁船疲憊地駛返碼頭。忽然間，毫無警示，雨就淅瀝嘩啦跌落，且轉瞬傾盆倒下。我們狼狽地奔回車上，渾身溼透。小老闆自後座搜出一條毛巾，遞給了我。

車外大雨滂沱，擋風玻璃霧花花，宛如瀑布刷刺刺洩流，幾乎望不見前方的路。我們只得暫停旅程，等待。窗戶緊閉，車內靜寂，彷彿與世隔絕，窄迫的車廂裡忽然空氣也跟著凝結起來。小老闆扭開收音機，裡頭飄蕩出模糊樂音，像自迢遠的地方傳來。我突地有種和他風雨同舟，在海上漂流的依存感。

天整個黑了，外頭黯濛濛一片，路燈在雨中泛著熒黃光暈。我用掌腹揩拭起霧的玻璃，默默凝睇窗外。大雨奔流。這世上最遙遠的旅途，莫過通往另一心靈的長路，或許在任何意義上，那條路也從不曾存在過。好像這樣，隔著一扇冰涼的窗玻璃。

「在這世上生存，有時殘酷是必要的。包括對自己。」小老闆忽地開口，說：「斷尾求生是動物的本能。」

我望著前方，緩緩吐了口氣。「最近我在想，十七年對我而言，就好像一個關卡、魔咒。」

「不長不短的時間。長得已積累足夠記憶，短得還有大半輩子得不斷回顧。我的人生就這麼卡在半空，進退不得。」

「其實你也有殘酷的那一面，只是給掩藏起來，不願面對。」

我沉默。雨啪嗒啪嗒打在引擎蓋上。

「爲何人生不像小說，愛不夠美好，悲傷也太涼薄。在現實中，我們只是可笑荒誕的小丑。」

他亦沉默。貼在額頭的黑髮溼亮著。

「有時我甚至懷疑，在我眼前、同我對話的你這個人其實不存在。因爲這樣美好單純的際遇，只發生在虛構的世界裡。」我笑笑說。你眞的存在此刻嗎？過去眞的存在過去？那字字鏤刻、匯聚的點點滴滴，頓時恍如一場暴雨崩洩，沖刷而去……。或許一切只是我的幻覺而已？

他輕握住我的左手。那冰涼僵凍的手。

「好冷。」我咧嘴苦笑，渾身簌簌抖顫起來。

小老闆敧近身，張開臂膀，懷抱著我。我楞睜，頓時陷沒一片寬厚的柔軟中。溼涼衣衫底下透散一股暖熱，與微鹹的汗味，那宛如海一般的胸膛……。我全身鬆塌塌攤靠著，驀地揺縮肩，放聲號哭。

收音機傳來熟稔的旋律，在這清冷雨夜，電臺播放起蔡琴所翻唱的〈情人的眼淚〉。那深沉嗓音，像陣陣夜海拍襲礁岸。我倏忽溯回小時候，每每夢魘驚醒，潑聲哭鬧，爸爸總將我抱起，托在肩坎，上河堤吹風，踏過地面一灘灘鵝黃光漬。晚風娑娑穿過玉米叢，奔逐於河面，他一邊拍惜，五音不全地哼起這首歌……。

許久不曾這樣縱聲哭泣，好像一隻遍體鱗傷的狗，歛蜷著，哀鳴。小老闆胸襟給濡得溼暖，汗水和著鹹鹹淚水。我漸平息下來，抽噎著，感覺身心安頓，猶如泊憩暗夜寧謐的港灣，直要沉沉睡去。晃悠中，依稀聽見車窗外，雨，仍舊鋪天蓋地落著。

不論再怎麼愛，我們終究是孤島。那片無垠汪洋，也是人們永恆跨不過的距離。醒來後，我依然是那朵孑然的海葵，漫無目的漂浪著。

「謝謝你載我一程。」臨別時，我說。剩下的旅途得自己走了。有些地方只能獨自前往，誰也伴陪不了。比方過去，比方夢境。

雨稍歇，月影朦朦地晃漾，灑亮海面，綿綿雨絲悄沒聲淌落夜海中。我想，我該回家去了。

24

地底樂園

那堅如磐石的冰山和冰冠正急遽變化中。融雪了。遠處傳來硿隆硿隆的巨響，彷彿地殼翻動，一塊塊冰體裂解、崩落，鬆滑的冰川源頭開始呈放射狀漫流。

我再度乘坐那艘像半副棺材板似的木造小舟上，划著槳，在水位高漲的河道載浮載沉，河面霧氣蒸騰，碎冰竄動，鐺啷啷擠軋著，不時撞擊船板，船身一路顛晃。

流冰加速前移，嘩刺刺，不知將航向何處。水路兩旁積疊的堅冰——那包夾著卵石、枝葉及昆蟲的清透冰層，正慢慢消融，翅紋清晰可辨的蝶蛾與蜻蜓眨眨鑠鑠，好似抖顫著，就要甦醒過來。

那白依舊火燒火燎，奔滾至天際，兩旁馱著皓雪的矮木枝椏，聖誕樹般綴滿成串水晶冰燈，遠方，幾座山巒挨疊，峰頂也一派皎亮，映照粼粼寒光……。我彷彿又回到了夢境之始。那最初，也是最末的地方。

繼續向前航進。我撥開河面的浮冰。這地方雖然同樣荒寒冷清，但似乎有什麼不同了。船身自冰原陡降，像刨木機刷地刮起白泠泠的晶花，划行好一陣，拐了幾個河灣，一座孤立的丘陵乍然浮現，雪燦燦，饅頭小山樣，山腳鑿開一窟窄小穴洞。

河道便穿進那洞裡，小舟一路俯衝而下，我抓緊船舷，往後仰，像溜著滑梯或乘坐海盜船，彷彿將通達地心。黝暗的甬道，森冷迂曲，沿途山壁黑鑠鑠閃著，約莫也嵌滿厚厚的雪霜。忽然間，好似有人啪嚓點著了柴火，眼前一亮，豁地開朗。

小舟噗通掉落窪中，濺起潑白水光，頓時地轉天旋，撼晃著。我雙眼一陣眩花。待船身漸穩，定睛看，才發現自己置身一龐碩冰窖裡。四周光綽綽，數以千計的冰筍拔地而起，聳峙的冰柱宛如參天巨木，抬望眼，洞頂高懸密匝匝尖細的冰針，稍遠處，瞬間凝凍的冰瀑好似巨幅水晶簾幕，華麗地垂墜著。

水聲滴答滴答，在洞中迴響。四面岩壁也結上一層冰體，像剔透的鏡面反照，無數光影折散、旋繞，靜靜流轉，美得令人屏息。

那光彷彿自水底透射出。承載小船的潭面頗寬闊，看起來深不見底，幽沉沉，海一般，輕輕晃漾藍色漣漪。周遭冰雪也給潑染了淡淡藍晶，隨著水波撲閃。

我划向潭邊，攀爬上岸。偌大的冰窖宛如巨型起司塊，洞中有洞，連環套疊，海藍藍的潭水四處漫延。我穿過層層通道，來到另一窟室裡。映入眼簾的景象無比燦亮。這地方就像一座水晶冰宮，各種殊形怪狀的天然冰雕林立，角錐、枝杈、波峰、螺旋鑽……，無一不是鬼斧神工之作，幾具鐘罩似的冰塔錯落，散射七彩芒澤，裡頭似乎裹藏了什麼。我趨前，細瞧，心底一震。

每座大型冰鐘裡，竟覆罩著不同的遊樂器材。繽紛的音樂木馬、旋轉咖啡杯、酷炫飛行椅、幸福愛之船，以及歡樂碰碰車……，其中一只裝載的，則是記憶中那座彩虹般的旋轉摩天輪。

像坊間充填了小顆保麗龍的玻璃球飾品，瑩亮冰塔中，紛飛的雪花凝凍於半空，絢麗聲光也戛然止息。這巨大的地底冰窖，原是一整座在現實與腦海底已隳壞散佚的樂園，被厚雪堙埋的亞特蘭提斯。未曾消失，只是給冰封了起來。

被雪堙埋的亞特蘭提斯。我佇足摩天輪前，眺看。那器械不似記憶中來得壯觀、聳峻，約莫僅四、五層樓高，機殼鏽舊，各種紅、橘、黃、綠的彩漆斑褪，一格格窳陋的開放式車廂，如今看來窄擠如菜籃。那便是多年來我朝思夜夢的旋轉摩天輪哪，在麗陽下，和風裡，畫著飽滿的圓，日復一日圜旋……。是我長大了吧，像一隻奔逐草原的鹿，頭也不回地遁遠，時光卻早停駐妍日底。

窖裡依舊滴答響，像無數時計撥擺。封凍的鐘體淌著水，膠黏機具的冰層擘裂了開，我隱約聽見忽微如熹陽的樂音自隙罅流洩，精密的齒輪鉗咬著，彷彿休眠的時間巨輪漸甦醒，不久便將緩緩地旋動起來……。

25 告別

假期倒數第三天，我和阿文相約珍富快餐店門口。

珍富快餐即是從前的根本文具行。低矮的老式平房依舊，只是瓦楞屋頂換作了鐵皮浪板，稍稍整飾一番。當然，廊簷下不再掛著「郵票代售」的鐵牌，店鋪前，玩具扭蛋機和小美冰淇淋櫃也早撤離，取而代之的是攤展的深藍色塑膠棚子，與一塊橫跨騎樓的落地招牌。

上次走過這廊道究竟是幾歲的時候？墊高的臺階是後來才砌的吧？隔壁原本是冷飲鋪還是運動器材行呢……？我站在店門前，回想著，腦海倏忽浮現起身穿吊帶裙，揹著黃書包，頭戴小橘帽的自己，豔陽下瞇隙眼。窗玻璃後，櫃檯內一平頭中年男子翻看著帳單，面無表情往我瞅了瞅。約莫就是曾同我在電話中簡短交談的那人。

已過午餐時間，進出館子的人疏疏落落，泰半是才要午休的計程車司機。入門處掛著一只白色圓鐘，眼看指針又攀越了約定時間，一刻鐘後，才見阿文匆匆自對街巷口步出。

微風拂煦，街頭已颳起陣陣秋意。阿文穿著熨貼的白襯衫、黑西褲，捲起衣袖，踩著黑皮鞋笑咧咧走來。

「等很久吧。」他額頭發著汗，伸手鬆了鬆黑領結。「早上臨時被調派去支援任務，從會場趕過來的。」

「沒關係。」我說，抬頭眺了眺。「好久沒站在這走廊等你了。」

「對喔，」他搔搔頭。「從前上學時我好像就經常遲到……」

阿文進到快餐店，同老闆打過招呼，交辦一些事務。「走吧。」他鑽出鋪子，說：「先去我們的戰場看看。」

對街幅員廣闊、風格奇特的建物群，便是中山堂了，那個我們時常打棒球，玩躲迷藏、大風吹與騎馬打仗的遊戲場。從前滿場奔逐的空地，現已編納爲隔鄰小學校區，劃作教職員停車格。我們頂著午時驕陽，穿過車陣，走至廣場最裡邊。

四周極幽靜，所有歡鬧聲都已散盡。小時翻爬的圍牆仍在，不過那株老冬青已給連根拔起。它曾那樣綠意盎然，人形般深情地佇候，炎炎夏日顫曳清風，葉叢間蟬鳴刮耳，枝頭的小白花簌簌飄謝……。原來這堵牆不高，踮起腳便可穿見國小操場。課堂時間，金黃色的草場空無一人。

「我說的就是這棵樹。」我指著平整的水泥地一角，哂哂笑說。

我們步出中山堂大門，杵立車水馬龍的十字路口前。這裡是小六當糾察隊駐守的據點，放學時總兵荒馬亂鬧哄哄一團。左斜角那大街，便是建材行所在，如今外牆掛著一塊耳鼻喉科診所招牌。我覷著，身後突然噹噹地敲響宏亮的鐘聲。

「先從這頭開始，等會再繞回來好了。」阿文略欠身，舉起右手臂，比了比右邊方向，左手輕輕熨壓領帶。那略帶特殊角度的手勢，彷彿某種導引或暗示，我愣怔，瞟見讓風揚起的黑色領帶腳。

閒逸的午後，我們漫步繁華老街，鑽曲拐彎，像走進一座歧路迷宮，一一踏尋熟悉巷弄裡，那些存在與不存在的店家。

「我好像從沒問過你，」走著走著，阿文忽然提起。「為什麼你名字裡有個雪字？」

「因為我在寒流來襲的冬夜裡出生。」我抬起眼看看他，旋又低頭，微笑說：「那天新聞有報導，陽明山飄下十幾年來最大的雪，上山的路還因此塞滿賞雪的車潮。」

「眞的？陽明山下雪的次數一隻手算得出來呀。」

你問過的，其實。我心裡這麼回答。同樣妍妍暑日，我們倆一如此刻並肩走在回家的路上。至今我心底仍深鏤著那稚嫩的每一字一句，像一筆一畫刻在樹身上那樣。

——欸，為什麼你要叫小雪？

——我爸說，我出生的時候天空正在下雪。

——眞的？我跟你剛好顚倒吔，我是這個時候，八月生的。

——好好哦。你一定不怕冷吧？

——嗯，我比較怕熱。

——所以我是雪，你是太陽囉。

——那雪一碰到太陽不就融光光了？哈哈哈……

「你生日剛過吧？」我敧過頭，瞇起眼問。

「對呀，原來你知道喔。」阿文傻笑說。

紙廠業已廢棄。原本塞滿千層派似大小紙箱的鐵皮廠房，如今只剩四堵空落落的白牆，牆上還殘留一道道痕漬。一只發鏽的磅秤獃立角落。我深吸了口氣。那粗粗燥燥的瓦楞紙香似乎已嗅尋不著。靜蕩蕩的街頭，罄空的拖車還哐噹哐噹在我腦海迴響，沿途，浪一般翻攪的百香果汁、牛奶沙、米苔目和粉圓冰……，早遠遠地退去。

從衢道左岔出去，是一條通往夜市的窄巷，鐘錶眼鏡行便坐落巷底。鋪子還在。舊暗的古董店面像一株頑強老欉，突兀地扒緊在已翻新的市街上。玻璃櫥窗羅列晶璨的錶（我又想起那隻作爲獎賞的金錶），泰半是些過時款式，也有年鑑雜誌裡常見的愛彼或江詩丹頓。店鋪內，牆頭高高低低掛滿各式壁鐘。我留連店門口。無數時計滴答滴答轉，精密的機芯裡，大大小小齒輪傳動著，擺鐘、旋轉發條鐘、布穀鐘、空氣鐘……，像是日積月累的庫存品，但每只鐘體都給拭得瑩亮，透射幽異鋒芒。

老闆抬起眼，打量我，眼窩垂掛大泡囊袋。他岔著一頭花白的髮，同以往，右眼眶夾緊一顆寸鏡，鑷著小毛刷與極細的螺絲起子，正檢修著一隻腕錶。在我幼時想像裡，他就像科幻電影中孤僻而瘋狂的科學家，終日沉浸微物世界精妙的物理結構，放大、測試、拆解、重組，日復一日，試圖修復壞損的時間。

那是個時間密匝匝堆置的屋子，予人莫名擠迫感，不同尺寸的鐘面像小宇宙各自盤旋、數計，滴答滴答，一如枝杈的路分頭前行，有的或許快些，有的稍慢。時間彷彿無所不在，卻又莫衷一是，空轉著，彷彿都不曾眞正存在。

岔進另一條小巷，陽光忽忽隱遁起來。位於花草街裡的租書店與錄影帶店也早收歇，拉下的鐵捲門掛著大大一塊「租」字牌，宣告出租日本卡通、豬哥亮歌廳秀和武俠港劇（諸如《鐵血丹心》、《東邪西毒》與《六脈神劍》交輝的年代）已逾期。我懷念起迴帶機咔啦咔啦轉動書本大的黑色膠卷，黝黯裡，一格格影像飛快倒演，像車窗外逆行的夜景，紛墜的流星也似，唰唰撞入視網膜底。

美容院仍開著。門庭曬衣繩上掛滿粉紅毛巾，彩色燈筒緩緩旋轉，一隻老黃狗懶懶趴伏地上。髮廊內只有一名女客，頭頂冒著水氣，年輕髮姐在櫃檯裡修指甲。幾盞舊型全罩式吹風帽像淘汰的太空裝備，靜靜鎖在牆上。媽媽曾帶我來這兒燙了個令人欲哭無淚的爆炸頭。那時美容院裡各種機器鬧哄哄轉著，人手一冊小開本《姊妹》與《摩登》雜誌，空氣中飄盪香香涼涼的洗髮精、髮麗香噴劑與刺鼻藥水味，暖暖地攪和一片。

行至街尾，一爿三角窗店家遠遠便刺眼地晃閃著。玻璃行也在。胖胖老闆娘架著老花眼鏡讀報，從前橫霸街坊的小胖弟也吹氣似長成中年大肚男，晾掛涼椅上呼呼鼾睡。店內至騎樓到處疊放裁切方矩的玻璃鏡面，及大至書畫小至獎狀的裱框，瑩瑩煌煌。我佇足廊簷下。

這陣子，我愈發感覺自己正一點一點消融，身體彷彿也變得極輕、極削薄，就快蒸散不見。靜默的房間，終日與我相對的只有四道白牆，再無任何投射與回應，我漸模糊起來，喪失了存在感……。環顧四周。無數鏡面切割／複印無數的我，層層錯疊，恍如置身那座水晶冰宮，但沒有一個我確證我的存在。全是虛妄的想像。就像這些鏡子也曾映照爸的身影，他走過、停佇，甚或凝視，但也只是光一般的映照而已。沒有誰是眞正的、恆久的存在。

「走吧。」熙陽下，阿文走入鏡中，站在我身後說。

穿出巷口，周遭又熱絡起來。繞行外圍大半圈，終要轉回旅程的出發點。我們踩著有些疲憊的步履，往折返中山堂那街路邁去。高低不齊的磨石子臺階，小紅拖鞋趴躂趴躂響徹廊簷。那條曾穿巡、奔竄，甚至套著溜冰鞋滑過千次萬次的騎樓，簡直閉著眼也能行進，此刻走來卻感覺分外迢遠、艱難，腳下忽焉聚流成一湍湧的河。

我們由街尾向前跋涉，走馬燈似撥晃過紛繁的店家，一張張似曾相識的朦朧臉孔——金碧輝煌的佛教用品社，門口飄送陣陣梵唱與檀香；燈火黯淡的裁縫鈕扣店，從前開學便排起長長人龍等著繡學號；每週替爸爸跑腿，指名買「康貝特加疲勞藥」（我想那大約就是一顆綜合維他命）的社區小藥局；可無限續湯的甜不辣攤車，改作店面，由第二代接手經營且兒孫成群（正如當年的我一般大）；依舊打扮光鮮的美妝行老闆，臉上看來更濃豔，緊身衣隱約拓印塌垂的胸肌，透露一股花季末了的蕭索冷清……。期間，阿文默默伴我走過，什麼也沒說。

行經櫥窗懸掛大大一把鑰匙的鎖行，與陳列著長短魚竿的釣具店，終於來到耳鼻喉科招牌底下。我抬眼，張口，滾動著乾澀喉頭。

新嶄嶄的診所，外牆給封上一層氣派的灰白雲彩大理石磚。從噴砂玻璃門探去，只約略見得到前廳櫃檯。

「進去看看吧。」阿文說。

我推開厚重的門。左側走道是書報架、飲水機和一排相連的白色候診椅，櫃檯玻璃隔屏裡，坐著穿護士服的年輕女孩，後頭壁櫥塞滿圓白藥罐與一疊疊病歷。

「來過嗎？」對方探頭問。

「……沒有。」我屈身回答。

填完初診資料，掛了號，我手中握著水杯，獃坐塑膠椅上等待。午後時段，診所只我一個病人。蒼白簡約的內部陳設，透著一股生硬冰涼。我忽忽有種時空錯置的孤寂感，彷彿被一整個世界給遺棄了似。

護士喚著我的名。我起身，走進診間。

「怎麼了？」穿白袍的中年醫師問，語氣中聽不出任何情緒。

「喉嚨，有點痛。」我小聲應答。

醫師掛上聽診器，隔著衣服觸聽，伸手按摸我的頸部，然後從酒精盅取出一根壓舌板。

「啊……」他說。

「啊……」我艱難地附和。冰冰涼涼的金屬片熨壓舌根上。我吊起眼，眺看牆上那幀對開的支氣管海報。一男子側臉張嘴，剖開鼻、咽、氣管和肺片。那原本是放置收銀機與茶水盤的地方，後頭還掛著一本日曆。

「扁桃腺有一點發炎。」醫師淡定地敲著鍵盤。「多喝水，吃點藥就可以。」

步出診間，我沿著白色長廊走向廁所。掩上門，杵立面盆前，扭開了水龍頭，環視鏡中景象。煥然一新的洗手間，高亮釉壁磚，白瓷馬桶座與金屬蓮蓬頭。嘩啦嘩啦。我腦海又莫名浮現那下午，白色水花碎濺，黑黑小小的玻麗骨碌著清亮大眼，渾身溼漉漉的模樣……。

出得廁所，一護士正推著藥車哐啷哐啷走進最內側房間。那彷若時光之門開闔的瞬間，我驀地瞥見幽暗屋裡鋪排著幾張白色病床，布簾拉起，一支支不鏽鋼點滴架垂立牆角。那是從前那座褊窄而隱匿的木造閣樓所在。我感覺有些迷恍。過去已然預言了未來。

我拿著藥袋步出診所，斜陽下，雙手冰涼。阿文倚在一台機車旁，低聲講手機，見我走來，彈掉菸頭，用黑皮鞋捻熄，又抬起眼看了看我。

「你不應該是現在這個樣子。」

等紅綠燈時，阿文眺著前方中山堂方矩的白屋頂，說：「從小我就覺得你和我不一樣，將來一定很有出息。你應該過得更好才對。」

我苦笑了一下。

「如果能選擇，我也希望過得輕鬆愉快些。」

「你可以的。」

幾隻停憩屋頂上的白鴿給驚擾了似，啪嗒啪嗒撲翅飛竄。或許他說得對。這些年我活得就像頑固的薛西佛斯，日復一日推滾記憶的巨石，彷彿在責罰自己。

「每個人都受過或大或小的傷。我也是，曾經也覺得難以承受，好像胸口都要爆裂開。」阿文淡淡地說。「只要不要去想就好了。」

不要去想就好了……。我眺著屋頂後方的天空，眨眨眼。如果我也不再哀悼，不再像餵養鴿子那般反覆溫習，一切便將遁散，不再歸來。

夕照染黃了半邊天，車行略揚起塵沙。我想起從前在這十字路口，那些搭起藍白帆布棚子，氣派遊街的葬儀隊伍。圍觀的路人擠蹭，藝閣團、孝女白琴與西索米樂隊浩浩湯湯跋涉過馬路，四方行車皆爲之停駐。那是一種至極鄭重的儀式，所有行伍緩慢地穿街繞巷一圈，是敬慎的送行，也像是亡者向其立命安身的城鎮，作最後的回顧與告別……。

我彷彿看見天空飄降下黑色雪花。招牌一盞、一盞撳亮，瞬時點燃整座城鎮，好似燒燎了起來。熒熒火光底，那一張張熟習又陌生的臉孔漸消融街景中，最終在絢爛霓虹裡暈糊成一片。

「謝謝你。」綠燈亮起時，我轉頭向阿文說。「給了我此生最美好的回憶。」然後我深吸一口氣，邁步向前。再見，我揮揮手，微笑說，匆匆穿越馬路，心好似給撕扯開……。我知道我們不會再見了，但這次我沒回頭，只徑直走入中山堂外環的林蔭大道。回來，是爲了離去。阿文也是這風景的一部分，最璀璨的那部分，我多花一次的準備和演練才得以向他道別。也向我的童年，正式地告別。

最後一段旅途，那爬滿芒果老欉濃蔭的舊家，是再走不回去，也無須再回去了。

26
溯源

倒數第二天。傍晚，我揹著旅行袋，搭客運前往一海濱民宿。

簡樸的兩層樓屋厝，白水泥牆，斜瓦屋頂，獨佇荒涼海邊。憨厚的民宿老闆駕著白色小發財過來，將鑰匙交付我，簡單導覽了屋內陳設，便又開車離開。

「就一個人嗎？」臨去前他好奇問。

「嗯，來看日出。」我說。

「喔，這裡的日出眞的很漂亮。」

一樓住了幾個騎車出遊的年輕人，在大通鋪上打牌、聊天，二樓靜落落，只我一人投宿。房裡擺設也十分居家，傳統花布眠床、手壓式熱水瓶和玻璃杯、白蕾絲窗簾。

一夜未眠。樓下約莫三點才熄燈就寢。我靜靜躺臥床上，諦聽嘆寂中遠方傳來晃吣——晃吣——隱微而規律的海潮聲。

清晨四點，我摸黑起身，盥洗著裝完畢，悄聲下樓，揹著行囊出門。外頭仍一片黑沉，偶爾野狗低嗥。我獨個在暗朦朦的路上走著，伴隨一絲月光與陣陣浪潮，沿海岸線不斷北行，彷彿要往世界的盡頭走去。

沒有終點的流浪，永遠無法抵達的目的地。也不知是否已來到東北端點，走累了，我便在一塊破出海面的大礁岩上坐定，等待日出。大地萬物都在沉睡，藍黑色的海也在沉睡，像一張巨網款款飄擺。放眼望去，除了海，還是海，一派空闊，彷彿眼前便是天涯。

約莫五點，天際處慢慢染藍，白晝與黑夜交班似，彼此作著神祕的調換，或流轉。天空由淺至深，暈擴成一道絕美的漸層光譜，寶藍、青藍、蓼藍、孔雀藍……，好似自然界各種色調的藍全含括其中。海平線上，一顆圓白的球自薄雲冉冉浮出，轉成暖橘色，烙紅了天空，光度也漸調亮，直到變成一團金黃的光體，脫出海面，談光四射令人無法逼視。

海上鋪展開一道通向旭日的光廊，耀眼金芒中，好似有什麼等在那盡頭。天倏忽整個白亮，海水轉爲碧藍，岸邊揚起雪白浪花。過程裡，像是有什麼滅絕，有什麼悄然重生，如盤古開天的破出。我驀地眼眶紅熱，終於明白爲何爸爸鍾情於海邊日出。眼前燦耀的曙光不只是太陽，更像迴旋宇宙間一顆發亮的恆星。

正如摩天輪，緩緩地爬升、伏降，一格一格流轉時光，終而復始。過去包含了未來，未來推送著現在，現在包含了過去⋯⋯，在天空銜疊一圈又一圈飽滿的圓，在循環中不斷積累和推轉，那樣無比和諧地運行著。我睨望那金色火輪，感覺慶幸而滿足，最末領悟了這道理。

我走向前。蹲下身來，解開背包，從裡頭取出一只黑色環保罐。海潮在腳底下沖盪、迴旋，激起白皚皚的浪絮，風張颼著。那萬頃碧波下，寧謐深海底，即是永恆與自由。我腦海驀地浮想起，雪世界裡那片緊緊扎根雪地上，層密聳峻的冷杉林⋯⋯。我旋開盒蓋，將碎白粉末捧護手心（也僅只一個掌坳分量），然後傾身，攤展雙掌，灑落，讓它們乘波而去，隨浪流漂向美好的所在。

我覺得睏了，想好好地休息了。像魚渴望大海的懷抱，嚮往那寬闊悠游。我張開臂膀，深呼吸幾口，緩緩地闔上眼……。

邃深的海底比想像更黑、更幽靜，既沒有絢爛的熱帶魚和珊瑚，也不見古老的瓶形海綿群或巨口魚。那是一種全然的、黑洞般的寂靜。剛開始我還有些驚懼，繃緊身體，閉闔呼吸，後來就漸漸放鬆了，像一朵海葵或水母，讓無比柔軟的海水給輕托著，緩緩拍浮、擺晃。黯默底，遊夢似悠悠地漂搖著。

忽然間，猶如一巨簇撐張銀鰭、胸腹散發紅光的魚群逆行而來，環游著，眼前啪刺刺湧現一幕幕瑰麗的畫面，像一部縮時電影，以全景式的放映，同時進行著——妍煦的早晨，年輕帥氣的爸爸戴著太陽眼鏡，駕著野狼機車，風塵僕僕駛在前往幼稚園的山路上，我穿著圍兜兜，坐後頭，像隻負鼠緊緊扒伏他背上；灼爍午後，我趿躂著小紅拖鞋，同爸爸牽晃手，在黃沙翻捲的大街上蹬蹬跳跳，往路口那家鑲有彩繪琉璃窗的美式冰淇淋專賣店走去；金色玉米田裡，滾滾葉浪翻湧，株頂的花絲莎莎晃漾，爸爸笑咪咪躲在枝梗間，我陷沒光灩灩的黃金海，尖嘯著，擘開波浪長葉，追逐他的身影；黃昏，店鋪後門窄擠的小庭院，黑柏油木板屋簷下，我和阿文伏在矮舊的摺疊棋桌上，一面寫作業，一面下象棋；傍晚，寧靜長堤，銀白色甜根子草迎風舞曳，玻麗繫著背帶，踢蹬腳，一路東聞西嗅、抬腿小解，熒熒燈火下，地上映照一長一短歪斜的皮影……。

我靜靜波流著。在海水裡靜靜地流下淚。前方，一道灼亮光束自頂頭灑下，彷彿天使之翼搧落的雪白芒澤，感覺無比慈愛、靜美，我便趨向那光，緩緩游去。

我，終於是回到了家，回到那老街舊宅，往日情懷，回到純眞美好的小時候……，彷彿又重新活過一次。

27

旋轉摩天輪

我回到了遊樂園。

假期已經結束，不知爲何，入園處遊客依舊絡繹不絕，天氣仍像盛夏那般炎熇，豔陽罩頂。

門口站了個穿藍背心的年輕女孩，眼窩綴滿點點淺褐色小雀斑，她接過我手中的票券，撕除截角，遞還給我，然後綻開甜美的笑容，說：祝您有個愉快的一天。

我進到了裡邊。毫無遮蔭的園區，家長打起花傘，孩童們汗著身軀奔逐，女學生戴上棒球帽或寬圓的草帽，男孩子高高捋起袖管，露出黑黝結實的臂膀，一派亂烘烘，好不熱鬧。

烈燄下，一座座鋼鐵結構給烙得紅灼，潑濺金光。綴滿彩燈的「音樂木馬」、逆風疾航的「飛行椅」、令人暈頭轉向的「搖滾酒桶」和「八爪章魚怪」……，叮叮噹噹、嘩啦嘩啦，所有機械火力全開地運作著，伴隨纜繩來回擺曳，履帶不停圜轉，園內傳來此起彼落的驚號、呼哨。

我走到噴泉廣場，販賣部前大排長龍，一群兒童拔尖嗓，兜起米尼和哈尼又摟又蹭。頭上繫著大紅蝴蝶結的米尼與方頭闊嘴、拖沓長尾巴的哈尼，在廣場中央手舞足蹈，蹦蹦跳跳。

我興奮地走上前，拍拍哈尼的肩膀，綻開笑容。他轉過身，敧斜頭，張開雙臂，又摸了摸粉紅色絨毛大頭。逆光中，我愣怔著，瞬時明白，哈尼已不是哈尼。

我翻越大半個遊樂場，來到矗立至高點的「旋轉摩天輪」搭乘處。蔚藍天際下，七彩輪匝喀啦喀啦盤繞著，散射耀眼金光。開放式的迷你車廂緩緩流轉，湖水綠的車筐後頭銜連海藍色的，接續是茄紫、火紅與柑橘色……，在晴空串起一道美麗的虹。兩旁吉野櫻依舊盛放著，風一撢，白色蕊苞便莎莎、莎莎彈捲，漫天鉋雪。

豔日下，我望見自己正坐在蟹殼黃的車筐裡，爸爸戴著太陽眼鏡，圈抱著我，在半空中輕兜慢轉。看著轉著，下一刻，我忽忽就置身那摩天輪裡。風潑潑地傾灌進來，腳下的世界一點、一點凝縮，我往下探頭，覷見一大一小的玻麗在白色櫻花樹下追逐、滾耍，還是小男孩的阿文則坐在後頭湖水綠的車筐裡。

天空越來越迫近，彷彿抻長手便能觸及。在這和諧的運行裡，我深深地感覺自己被緊緊包含在摩天輪中，那一格格永遠保持等距的座位宛如命運共同體，彼此牽連，有人升起，有人便降下，紅色車筐推動黃色的，黃色推動藍色，藍色又推動著紅色……，好像時間的迴圈，過去、現在和未來全含括其中，不停圜旋著。

途中，阿文忽地跳下了車筐，昂舉頭，向我揮揮手，便轉身離去，有人接著攀入那車筐裡。摩天輪繼續向前推進。我靜靜吹著風，俯瞰腳下又一點一點放大、清晰的世界。原來過去不曾消逝，只是退去。而已經退去的，終究還會再回來，不停喀啦喀啦地……。

「人生就像買了張遊樂園的門票，入場玩了一回。」我彷彿聽見哈尼一手兜著狗頭／驢頭，一面哈著菸地跟我這樣說。

文學叢書 395

旋轉摩天輪

作　　者　李芙萱
總 編 輯　初安民
責任編輯　宋敏菁
美術編輯　林麗華
校　　對　吳美滿　洪玉盈　李芙萱　宋敏菁

發 行 人　張書銘
出　　版　INK印刻文學生活雜誌出版有限公司
新北市中和區建一路249號8樓
電話：02-22281626
傳眞：02-22281598
e-mail：ink.book@msa.hinet.net

網　　址　舒讀網http：//www.sudu.cc
法律顧問　漢廷法律事務所師
劉大正律師
總 代 理　成陽出版股份有限公司
電話：03-3589000（代表號）
傳眞：03-3556521
郵政劃撥　19000691　成陽出版股份有限公司
印　　刷　海王印刷事業股份有限公司

港澳總經銷　泛華發行代理有限公司
地　　址　香港筲箕灣東旺道3號星島新聞集團大廈3樓
電　　話　(852) 2798 2220
傳　　眞　(852) 2796 5471
網　　址　www.gccd.com.hk

出版日期　2014年3月　初版
ISBN　978-986-5823-43-6

定　價　270元

國家圖書館出版品預行編目資料

旋轉摩天輪 / 李芙萱著；
--初版，--新北市：INK印刻文學，
2014.03　面；14.8 × 21公分（文學叢書；395）
ISBN　978-986-5823-43-6（平裝）
857.7　102019416